U0939757

本书为中国国家新闻出版广电总局和俄罗斯出版与大众传媒署批准的《中俄文学互译出版项目·俄罗斯文库》。由中国文字著作权协会和俄罗斯翻译学院负责组织实施。

## 作者简介

亚历山大·格里戈连科（Александр Григоренко），当代俄罗斯作家，生于 1968 年，毕业于俄罗斯科麦罗沃国立大学，居住在克拉斯诺亚尔州的季夫诺戈尔斯克，现在俄罗斯报社《российская газета》东西伯利亚分部工作，发表过很多新闻调查、纪实、随笔、长短篇小说。他是当代俄罗斯少有的从西伯利亚土著居民传说中获取小说创作灵感和素材的作家之一，代表作有《泰加林人的故事》（2011）和《命运的三个名字》（2013）。

中俄文学互译出版项目·俄罗斯文库

[俄] 亚历山大·格里戈连科 著
王莲涔 译

# 泰加林人的故事

МЭБЭТ

西南师范大学出版社
国家一级出版社 全国百佳图书出版单位

*　*　*

泰加林没有历史，但他们有记忆，历史的痕迹留在怪诞的传说、神话和故事里。甚至在叙述中我们也能感受到伟大事件的参与者和见证者的感情。例如，雅库特人从贝加尔湖迁移到勒拿河的事有点像民间故事。白人一直努力从这些荒诞的故事中淘出一点儿有益的东西，他们做这件事已经不止一百年了，他们试图从中淘出与历史事件相关的故事，虽然价值不高，但也值得去尝试。应该感谢白人所做的工作。在灵魂深处他们明白他们的努力是很难被理解的。欧洲人的智慧丢失、覆灭在原始森林中。居住在森林里的人的空间不是地理上界定的，而是有神圣意义的，原始森林的人就是这样生活的。昨天和过去的几百年仿佛就在眼前，如同海盗过后红军战士来到曼西村庄一样。古老的埃温克人不是用小时或日历计数等待见面的时间，而是通过计量楔子钉入松树原木的破裂声来计量。神灵和上帝也享有充分的居住权，像森林里的野兽和人一样。可怜的尼夫赫人德尔苏不理解人和动物之间的区别，最近他们因伤害老虎而感到心里不安。

科学家仔细地誊写出大量怪诞的事情，解释它们的用途和起源，然而归根结底它们仍然是舶来品，让人感到惊奇，甚至让人感到同情，但不能理解……

然而在人类历史上泰加林有自己不寻常、无法描写的意义。几千年来森林吞没了欧洲、亚洲进化过程中激烈的纷争，什么也替代不了，什么也没有被遗弃在岸边，一切都变成了秘密的、谜一样的黑色的文字。或许，正因如此泰加林成了世界上唯一的地方——人们在这里等待最令人惊奇和最重要的相遇——与自己相遇。

## - 具有自己的法则并受上帝宠爱的人 -

梅贝特是韦尔人的后裔，小小年纪就以力量和勇敢著称。无论游戏、打架、奔跑、打猎和作战，谁也比不上他。在大熊节[1]上他能跳过一百个雪橇而不被猎人捉到。没有人能超过梅贝特，他的名字代表着力量。

他很小的时候就成了孤儿，但他没去投靠亲戚，而是留在了父母捕鱼狩猎的地方一个人生活。在打猎上，梅贝特不承认别人比他更强，他也不需要别人的帮助，他自己追赶枝形角的鹿，他一个人敢去猎熊，打了很多鸟。他的成功像永不落山的太阳一样，像有知识的人认为知识的力量大于命运的力量一样，他做事不考虑后果。

梅贝特在伊弗希人和皮亚科人的牧场打野兽，在雅普吉科



1　译者注：俄罗斯每年的 12 月 5 日为熊节。

人、瓦伊诺特人和奥科泰特人狩猎的冻原拿走猎物。人们责怪他违反狩猎的规则，他笑着回答说："是猎物自己无意中跑到那些地方的。"他觉得这样人们就没法责怪他，他就没有错了。这是自信的微笑，他让别人为自己的懦弱感到可耻，因此没有人敢和他开战。

曾发生过这样一回事。有一次伊弗希人在自己的地盘发现雪地上有血，于是他们沿着血迹追踪，想追上并惩罚那个小偷。当他们追上时看到，梅贝特正将打死的鹿拖向狭长的雪橇。

伊弗希人跳上鞍桥冲着他喊："把鹿留下，它是我们的！"

梅贝特转身对他们说："让我们分享吧！亲人们，你们把猎物留下，我留下你们的性命。"

"谁是你的亲人？你怎么在别人的地盘就像在自己家一样！"一个男人质问他。

另一个刚刚开始和大人一起打猎的伊弗希年轻人，有着年轻人特有的傲慢，他冲自己的同伴喊道："他在嘲笑我们，我们五个人，他只有一个人，你们站着干什么！"

年轻人说着射出了第一支箭，想直接射在这个他痛恨的小偷的脸上。梅贝特像赶牛虻一样轻松地躲开了他的射击。第一支箭打在树上后落到了雪堆里，他抓住了第二支箭，把它折断了，第三支箭从他的身旁飞过。看得出，年轻人的手颤抖了，另两个没来得及射箭的伊弗希人拿着武器不敢上前。

梅贝特的阔叶弓在弦声静止的时间里奏出自己的歌曲，在极短的时间里他射出可怕的三支箭，“嗖，嗖，嗖”，三个伊弗希人的腿被射穿了。他们同时大叫起来，摔倒在雪地里。

“我们还是分享吧！你们给我鹿，我留下你们的性命！”梅贝特重复着。

伊弗希人什么也没说。

梅贝特拉了拉雪橇的套索转过身说：“我想你们会同意的。亲人们，祝你们狩猎愉快！”

然后他看也不看他们就走开了。

伊弗希人对其他氏族隐瞒了这段历史，他们感到难堪，五个没打过一个。时间在流逝，惭愧也随着时间消失了。很快，原始森林和冻原带没人不知道梅贝特，都知道他能抓住箭，而且有自己的法则。

他的生活就这样度过，他年轻，为自己感到高兴，连上帝都不忍对这样幸福的人发怒。他的生活一帆风顺，因为他能征服一切。上帝开心地看着梅贝特和人们争斗，而人们对这种从没有过的事感到很痛苦。出于忌妒，人们称梅贝特是上帝宠爱的人，他消失以前一直带着这样的称号。而令人感到惊奇的是，梅贝特更尊敬死者而不是神灵，而且他没有像普通人那样，在遇到不顺心的事时辱骂上帝。



有时，梅贝特会出现在大型节日上，很多氏族的人相遇时，姑娘和年轻的妇女都躲避着他。她们害怕被父亲或男人们惩罚，因为她们一看到梅贝特就忍不住地想看他。梅贝特比所有人都长得高大，他的身材挺拔，胳膊稍长，头发闪亮，长着一双明亮的眼睛，颧骨小得几乎看不到。

老太太们说，曾经有个姑娘被梅贝特的英俊吸引，愿意进入他的丘姆[1]。无论是和居住在原始森林的男人相比，还是与环绕在姑娘、母亲及姥姥周围的男人相比，梅贝特都显得那么与众不同。如果人们不知道梅贝特的父亲和母亲，大概会认为他属于哪个他们所不知的氏族。老人们讲，很久以前，有很多部落从原始森林走过，这些事距离现在已经久远，现在活着的人已经记不得他们的氏族或他们的名字。

据说，上帝或某个神勾引梅贝特的母亲，后来事情败露了，为了不让梅贝特的父亲杀死她，那个神将梅贝特的父亲赶到沼泽并淹死了他。发生这件事时，梅贝特的母亲正怀着孕，还抱怨无法承受沉重的肚子。梅贝特知道这些无稽之谈，他也不去争论。他很少去想成功和荣誉，但这些都属于他。他更喜欢思考关于自我的问题，随着时间的推移，这成为他主要的快乐。

有人曾试图指责梅贝特："为什么你一个有力量的人，却没有财富和名望？你本可以成为领袖中的一个，或未来的领袖！"

1 译者注：丘姆，就是圆锥形帐篷。俄罗斯北方牧民将搭建简单、方便携带的丘姆当作自己的家。

梅贝特感谢他们的称赞，却没给予回答。这激怒了人们。

“你太傲慢了，甚至不向最可敬的人表示敬意。”

“他们得到的尊敬还少吗？少我一个也没什么！”他说。

这时愤怒和仇恨在人们中间沸腾了。

“你在别人的领地打死野兽，拿走别人的东西——你是小偷。”

听了这话，梅贝特脸上的笑容消失了，但他平静地回答：

“任何人都可以凭着他的力量和智慧获得某些东西。吃奶的孩子是不可能追赶野兽的，他的力量只够爬到母亲的胸脯；强壮的男人不会去打只能在地下跑的老鼠，这会贬低他的能力。去做贬低能力的事只会使人的能力降低。任何种族和部落都可以通过自己的力量，勇敢狩猎而获得自己的领地，如果他没有付出，任何时候也不会获得。所以我不拿别人的东西，而只拿属于我的，而且不超出自己的能力。”

人们无言以对。

他，梅贝特，满二十岁那年，在大熊节上，在没有任何帮手的情况下猎到了一头大熊。他参加了宴会，并和族长坐在一起，族长没有向他表示敬意，是他向族长表示敬意。

梅贝特吃得很少，谈话没有持续很久，他站了起来，轻轻地向大家鞠躬，和大家道别，然后走开去看传统的娱乐节目，如在雪中进行力量的较量。他脸上一直保持着微笑，他的脸好像是另一个世界的典范。

比较善良的人会说他的这种行为是因为年轻气盛，成熟了之后就会好了。然而多数人会说，他的傲慢是与生俱来、至死不变的。

梅贝特慢慢地走着，忽然听到有人在背后喊他：

“喂，小伙子，过来一下！”

梅贝特转过身，看见铺开的兽皮旁边有个雪橇，有个老人侧躺在地上。很明显，他想站却站不起来。

“帮我爬上雪橇，我没法走路……”

梅贝特双手抱起老人，轻轻地把他放到雪橇上。

老人看了他很久,仿佛看不够他的英俊和强壮,突然老人说：

“难道说的就是你这个小傻瓜？”

“你说什么呢，老人家？”梅贝特和善地询问。

“你不知道？你的心会碎的。天上人间什么都可以被找到，就是找不到破碎的心。”

梅贝特微笑了一下走开了。

此后，他又活了三十年，从没心碎过，虽然生活中遇到了一些让人沮丧的事，但梅贝特没有颓废、没有退缩，他一次也没想起老人的预言。岁月流逝，但梅贝特的力量没有减弱，他还像以前一样能接住空中的箭，打猎也不需要别人的帮忙。

那次宴会两个月后，梅贝特就结婚了，妻子是他偷来的。因为那时人们认为偷姑娘是男人力量的象征，后来这成了习俗。而且梅贝特不止一次帮助自己的同龄人偷过，不是出于友谊，而是为了消遣，以至于每当发生姑娘被偷这样的事，人们就认为是梅贝特干的。

梅贝特偷的那个姑娘非常漂亮。但她肤浅的父亲给她取了个名字叫亚恩德涅，绰号“步行者” 。这个名字吓跑了所有合适的追求者，年轻人害怕非女性化的名字会给家里带来其他人的力量。可梅贝特不在意这些传闻，依旧很喜欢亚恩德涅。

只是不幸的是他们很长时间里都没有孩子。接连很多年，妻子每年生的都是女儿，都活不到一岁就死去了。梅贝特想换个人当妻子，但在他这么决定之前，他的妻子怀孕了，并给他生了个男孩。

冬天，非常寒冷的冬天，孩子出生了。梅贝特进到刚生完孩子还不是很干净的丘姆里，把刚出生的、湿乎乎的、正在啼哭的儿子捧在手里，停了一会儿，把他还给了妻子，走了出去，没说一句话。

梅贝特给他的儿子取名哈德科，绰号“暴风雪”，意思是他很厉害。

他们把儿子养得很好，十二岁时他就打到了狼，十七岁时打到犄角多叉的鹿，而且他还能把猎物隐藏得很好，让动物在夏天也找不到猎物的尸体。梅贝特为儿子感到高兴，只有一件事让他不满意，哈德科没有继承父亲极好的外形。他身材匀称、强壮，但颧骨突出，遗传了他母亲的黑眼睛。还有一点与父亲大相径庭，那就是狩猎时如果野兽跑到别的种族的领地，他就放弃追逐；他也不在别人的河里抓鱼；他很尊敬萨满[1]，在有很多人在场的时候，他向长者鞠躬。梅贝特看到这些很不高兴，但他没有责备儿子。

梅贝特的母亲和神灵有关系只是传闻。哈德科长成了真正的人，这一点没有人怀疑。很快梅贝特就确信，对哈德科来说破坏习俗比面对野兽更让他感到恐惧。在面对野兽时哈德科非常平静，他经常能打倒猎物。

在节日宴会上，哈德科看上了皮亚科族的漂亮姑娘，并请求父亲去向姑娘的父母说媒，商量送彩礼的事。

“你真喜欢那个姑娘？”梅贝特问。

“真的，爸爸，非常喜欢。”

“你爱她？”

“是的，我爱。”

---

1　译者注：萨满，这里指萨满教的巫师。

“你准备娶她做妻子，让她为你生孩子，你准备养活她并保护她？”

“我准备为她做所有的事，不让任何人和野兽靠近她。”

梅贝特用他天蓝色的眼睛注视着儿子乌黑闪亮的眼睛。他聚精会神地看着，好像要努力找到某些相似的特征，儿子也在父亲的目光里寻找答案，并祈求上帝保佑这个答案是同意。

沉默了一会儿，梅贝特说：“既然你爱这个姑娘并准备保护她，这难道不是彩礼？难道你和她在一起的愿望还不如二三十只鹿贵重？野兽的皮，人们在需要的时候可以随时去取。为什么你需要彩礼？为了让皮亚科族老人获得快乐？所有人都渴望快乐。”

哈德科的目光变得像解冻的水一样黯淡无光。

“爸爸，从你的畜群里给我一点儿。”他低声地请求，几乎是在嘟囔。

梅贝特拒绝了他。

“你不希望我娶那个姑娘为妻？”

哈德科以为自己猜到了父亲的心思，但他错了。

“不是的，”梅贝特说，“我不反对你娶她为妻。我看见了，她确实很漂亮。把她带到我们的宿营地，我会接受她，会温柔地对待她，就像对待我们自己氏族的新娘一样。但是你不要向我请求鹿、珠子、毛皮、锅及其他东西。你知道，我能很轻松地支付这些,只要不是因为儿子的软弱我会愿意支付任何东西。"

"我应该怎么办?"

"想干什么干什么。我对你说了该说的话,也不打算干预你。你的能力早已经超过我,为什么还需要我的建议?"

他们就这样结束了对话。哈德科一连几天都没说话,疯狂地做他应该做的事。母亲问父子之间发生了什么事,结果什么也没打听到。亚恩德涅害怕了,忍不住和丈夫絮叨起来。梅贝特从来不大声和妻子说话,但是每次说得都语焉不详。

然而这些天,看着忧郁的儿子,梅贝特的心情变得高兴起来。他看到,恼恨让哈德科变得成熟。

终于,有一天哈德科没告诉任何人,什么也没说就去了原始森林。和他一起消失的还有一把新的长把杀猪刀、三十几支箭、一只鹿、一个雪橇和梅贝特最好的狗。他经历了很远的跋涉,一连几天没回家。新月出现前母亲开始害怕起来,怕儿子再也回不来了,亚恩德涅每天晚上以泪洗面。梅贝特刚开始还保持沉默,但当妻子的哭泣最终让他忍无可忍时,他抓住她的下巴轻声对她说:

"你认为你的鬼哭狼嚎能把他骗出原始森林,就像笛声把鸟儿骗出沼泽灌木丛?"

然后,沉默一会儿,他温柔地补充:"他身上有我的血——这些血足够让他走出原始森林回到家。别哭了,别给他添麻烦。"

当天气开始变得寒冷，风雪袭击原始森林时，哈德科回到了家。原野的空气让他的皮肤变得黝黑，他看起来非常疲惫，跟在雪橇后面走，雪橇上堆满了猎物，有犄角多叉的鹿、北极狐、狐狸和貂等。母亲扑向哈德科，但儿子仿佛没看到母亲，静静地从母亲张开的胳膊旁走过，跌倒在丘姆里睡了两天两夜。醒了之后，他狼吞虎咽地吞食着母亲递过来的食物，吞了很多，亚恩德涅坐在对面无声地哭泣着。

梅贝特没有问候哈德科，也没有进入丘姆，他想儿子在长途跋涉之后需要好好休息。儿子猜想等待他的将是父亲的愤怒，然而恼恨在他年轻的心里还没熄灭。他怀着轻松的、大无畏的心态走出丘姆迎向父亲。

梅贝特站在营地中央，双手交叉在胸前。儿子在距离父亲只有一只胳膊的距离时停了下来，等待着父亲的责骂或责打，梅贝特从怀里拿出一样东西并把它递给儿子。

原来是一把刀，做工非常精致，稍微有点大，弧形的，像一弯新月，蓝色金属的刀刃，鹿皮和白色的骨头做的刀鞘。

哈德科的手颤抖起来，恼恨熄灭了，他想跪下，但梅贝特抓住了他皮猴[1]的袖子：



1　译者注：皮猴，指一种风帽连着衣领的皮大衣。也指做成这种式样的，以人造毛、呢绒等做衬里的大衣。

“拿着，它是你的。现在你是个很好的猎人了。你可以得到新的长把猎刀，还有我的弓你也拿着吧，既然它能给你带来运气！”

哈德科控制不住，“扑通”一声跌坐在父亲的脚边。

“沃伊贝利很听你的话？要知道它一向只听我的指挥……”

“沃伊贝利是我的眼睛、我的鼻子、我的手、我的意志。”哈德科回答着，热泪从眼眶里涌出流到颧骨上，但他浑然不觉，没有抬手去擦。

“那沃伊贝利也是你的了。”梅贝特说完就躲到丘姆里去了。

北方的风凶猛、恐怖、强劲，能穿透一切，这也是为什么梅贝特给他的狗起名叫“沃伊贝利”。沃伊贝利是梅贝特最好的狗，是原始森林和冻原地带公认的狗王。其他的狗都知道，与这只胸脯宽大、毛茸茸的大狗争斗的结果就是死。沃伊贝利的眼睛里射出的深蓝的光，像冰一样冰冷，这些狗能从中嗅出恐怖的味道，它们就都溜掉了。它们对沃伊贝利的恐惧远远大于对主人皮带的恐惧。

沃伊贝利无论是在狩猎、搬迁牧场，或是打架时都是最好的帮手。

## - 求　　亲 -

第二天早晨，哈德科和梅贝特驾着两架雪橇去了原始森林，他们要把藏起来的猎物——剩下的一头犄角多叉的鹿的躯干和另外两头鹿拉回营地。这些都是哈德科猎到的，他把它们留在离营地不远的地方。哈德科将鹿藏到大松树的树枝上以防被狼叼走。看到这些，梅贝特的心里充满了喜悦，他的力量遗传给了儿子。很快在这份喜悦上又增加了骄傲，在鹿皮上烙有红箭的印记——这是伊弗希人的种族记号。他们在战鹿的身上做了这样的领地记号。梅贝特心想："儿子和我一样勇敢，敢打别人领地的东西。"将这些猎物搬上雪橇时梅贝特想，儿子的黑眼睛，可能就是自己的，只是和自己不同而已。要知道没有人知道梅贝特应该是什么样子，世界上有多少人命里注定是与众不同的，他们也没有失去力量和运气。想到这些梅贝特很愉快。他喝酒一直喝到日落，然后带着快乐的心情平静地睡着了。

次日早上，梅贝特从丘姆里出来正碰上儿子在做着奇怪的事情，由于惊讶他一下子没明白是怎么回事。哈德科在系雪橇，而雪橇上装满了猎物，两头白鹿角上系的红色带子在强劲的风中飘扬。哈德科未经过他的允许拿了两头白鹿。

梅贝特像石头一样站着，看着。他想起了带子的用途。很显然，儿子要去向那个皮亚科族姑娘求婚，用人们可以接受的方式，带着礼物恭敬地去求婚。

没等父亲说话，哈德科喊：

“父亲，你没给彩礼，我自己弄的彩礼。你说过，你不会干涉我做我认为需要的事。我正在做我认为必须做的事。我说的都是真话。”

他很放肆。这个哈德科，也不怕说了这些蛮横无理的话遭天谴。梅贝特沉默了。他看到扒下的鹿皮上伊弗希人鲜艳的记号。他明白了，他的儿子不是他想象的那样，他拿了别人的东西不是因为勇敢，而是因为无知。

母亲从丘姆里走出来，手里端着一个大木头盘子，里面盛着一块冒着热气的肉，因为感觉到丈夫凝重的沉默，她决定不走近儿子而是把盘子放在了雪上。哈德科跑过去，被烫了一下，他把肉放到他的鹿皮袋子里，愉快地大喊一声：“谢谢，妈妈！”

这天早上哈德科不仅蛮横无理，而且傲慢自大，大概也幸福无比。他跳到高高的雪橇上，用鞭子抽打鹿的背，扬起雪橇，雪橇像在巨浪中颠簸的小船一样冲出了营地。雪云包围了幸福的人，从云中飞出响亮的、高兴的、愚蠢的声音：“等我到晚上！到晚上……”

雪橇远去了。梅贝特转过身看着妻子，长时间地盯着她。

“带子是哪儿来的？”他低沉地问，几乎是在低语，“带子和路上吃的肉是哪里来的？”

亚恩德涅垂下了眼睛。

当天晚上、第二天、第三天哈德科都没有回来。第四天早上一头鹿拖着光秃秃的半个雪橇回来了。隐约能看到一小块红色的东西在远处晃动，一个脸上有斑的陌生的年轻人驾着雪橇，兽皮底下躺着哈德科。梅贝特扔掉盖在他身上的兽皮，哈德科一动不动。母亲站在旁边，由于恐惧双手不能动弹。“他很快就会苏醒过来。”梅贝特默想，突然他很用力地打了哈德科一巴掌，儿子呻吟了一下，然后开始翻滚，他神志不清，试图说什么，却什么也说不出。他周身散发着令人作呕的臭味，连对什么都习惯忍受的亚恩德涅都忍不住转过身去。

“你们两个肯定去过独眼巫婆那里。”梅贝特说。

带儿子回来的脸上有斑的年轻人说得很快，有些胆怯和语无伦次。从他跳跃的言语中梅贝特知道他们的确是去过独眼巫婆那儿，但只有哈德科吃了蘑菇，吃了很多，而且还喝了很多泡蘑菇的鹿尿。而年轻人自己没吃蘑菇，也没喝鹿尿。他还劝哈德科别做傻事,但哈德科没听他的劝告。哈德科无法控制雪橇，所以年轻人不得不像运送病人，其实更像运送死人那样把他送回家。

“你叫什么名字？”梅贝特问脸上有斑的年轻人。

“玛哈科。”年轻人有些不好意思地说，因为这个名字在侏罗纪时代的意思是“结巴的人”。他说话的确有点结巴。原来玛哈科也是梅贝特所属的韦尔族人，也就是说，他们是亲戚，只是远亲，所以梅贝特从来没见过他。

梅贝特像抱婴儿一样抱起哈德科，别过脸不让臭味刺激鼻子，把他抱到远处的丘姆。他让妻子把炉子点燃，他坐在哈德科的旁边，用肉熬了一小锅汤，准备等儿子醒过来的时候喝。

在梅贝特抱走儿子、安排妻子的这段时间，玛哈科发窘地在雪橇旁边跺着脚，很明显他想快点离开。但梅贝特像对待老朋友那样把手放到他的肩膀上说："你是我们的客人，请到丘姆里来，那里有很多食物，我一直在等你，我的亲人。"

结巴有点不敢相信这样的怪事，但恭顺地随梅贝特进了丘姆，坐到主人指定的位置，那是招待贵宾的位置。

在盛情的招待下，他讲述了哈德科求婚的经历，梅贝特那天笑得特别开心，一生中他从没这样笑过。

## - 皮亚科人的报复 -

梅贝特的领地距离皮亚科人的营地并不远，因此粗鲁无礼的哈德科许诺晚上就回来。他想尽快结束这件事，所以拼命地赶着鹿。在路上他遇到了玛哈科，和父亲一样他也是第一次碰见他。原始森林里的人，甚至不认识的人，见面要么友好地交谈，要么打架，甚至杀死对方。这次见面他们进行了和平友好的谈话。玛哈科要去亲戚家做客，所以不是特别着急赶路，他的亲戚并未邀请他去做客，他也不知道人家会不会欢迎他。而哈德科却特别着急，他遇见玛哈科时想起按照习俗求婚不能一个人去，应该和父亲或朋友一起去。但父亲留在家里了，朋友也没带。哈德科没多想就提议让玛哈科做他的朋友，玛哈科也没有多想就同意了，跳上了装满彩礼的雪橇，他们飞奔起来。

到了皮亚科人的营地时，哈德科勒住了驯鹿，突然感觉有些胆怯。毕竟他太年轻，头一次求婚，对他来说，这么重要的事完全不知道该从哪儿开始做。早晨离开家时，他还非常自信地认为，自己成功打来的猎物会征服姑娘的父母。但当他真到了营地时，完全不知道第一句话该说什么。

哈德科克服了自己的骄傲，向他新认识的朋友讲了他的困惑。幸运的是，玛哈科自称是习俗方面的行家。于是，一路上玛哈科详细地询问了哈德科雪橇上都有什么后，他确信没有比这更好的彩礼了。玛哈科是个善良的小伙子，他喜欢说令人愉快的话，他知道这些话正是人们想听的。

玛哈科说求婚应该这样做，靠近未婚妻父母的营地时应该大声喊："喂！老人家，我能不能到家里见见你女儿？"如果他们期待这个未婚夫已经很久了，姑娘本人愿意嫁给他，并准备不穿靴子跑向未来丈夫的雪橇，那么她的父母就会从丘姆里出来说："我们的女儿在家，你来得正是时候，请进吧！"他说得完全正确。

玛哈科继续说，但通常，第一次喊过之后，没有人出来，因为姑娘家要显示出自己的重要地位，这时需要保持矜持。

但你别害怕，再喊一次，也可能需要三次。喊了三次之后，肯定有人出来。

"要是没人出来呢？"哈德科警惕地问。

"如果第三次喊过了还是没人出来，兄弟，那你的事可能不妙，他们可能拒绝你了。"

玛哈科微笑着继续说："但是，你，我的兄弟，别失望。不行的话，按照习俗我们可以将姑娘偷出来，然后用礼物赎买。如果这样也不行，那也不是灾难。原始森林里还有那么多美丽的姑娘。如果在森林里没找到，那在冻原地区一定能找到的。"

听了这些话哈德科发起愁来，心底升起了年轻人渴望幸福却得不到时的怒火。哈德科用驯鹿的长杆抽打鹿背，转眼间他们到了一个大营地，那里住着姑娘的父母，他们停下来。

哈德科在雪橇上喊起来，他的腔调就像人掉到了沼泽里喊救命一样："喂，老人家，我可以在你家里见到姑娘吗？"

丘姆里没有声音，没有任何动静，只有皮亚科人的狗围住雪橇狂吠着，其中有一只老母狗正准备扑向这两个外来人，哈德科的刀柄已经被他握得发热了（有个想法在哈德科脑子里一闪而过，他想幸好没带沃伊贝利，如果把它带来，它会咬死所有的狗，那婚事也就泡汤了）。

玛哈科从侧面捅了一下哈德科："年轻人，别害怕，接着喊。"哈德科又喊了一遍，这一次已经不像第一次那样胆怯了。喊过之后丘姆的帘子动了，很快从丘姆里走出一个光头的老皮亚科人。

"你是谁？你想要什么？"这个人冷漠地，几乎是凶狠地问。

哈德科用力赶走自己的胆怯，他说：

"我来向你的女儿求婚，彩礼我带来了。我是哈德科，梅贝特的儿子，韦尔人的后裔。我希望一切能像父母期望的那样……"

哈德科感觉，听了这些话后，老皮亚科人的敌视好像从脸上消失了，他长时间地看着用红色带子装饰的雪橇。有一段时间哈德科、老人和玛哈科都沉默了，甚至狗也不叫了。结巴第一个打破了寂静，他向着丘姆喊道：

"彩礼非常好，你听着，姑娘。这样的彩礼给首领都合适。兽皮足够铺满整个牧场，你看，这毛皮，你看，白得像雪一样。"

结巴抓住鹿皮把它在老人面前展开。

"的确是好皮子，"老人说，"正适合重大节日祭祀用。就是说，你是那个韦尔族的梅贝特的儿子？"

"是，我的名字是哈德科。"

“稍等一下，”老人说，“我马上就回来……”

他钻进了丘姆，没多久又回来了。

“他在和姑娘夸你呢，”玛哈科跳了起来，兴奋得像小狗，就好像不是哈德科而是他自己在求婚，“等着吧！一会儿姑娘就会自己跑出来。”

他的话音刚落，那个光头的老人代替姑娘出来了，这会儿他头上戴上了铁帽子，他本人看起来也明显变胖了，原来他在鹿皮皮猴外面套上了铠甲。

“就是说，你是梅贝特的儿子，想娶我的女儿做妻子？”老人郑重地问，慢慢地从背后抽出弓。箭的羽毛靠在老人的脸颊上，箭柄抬到和哈德科眼睛一样的高度，他可以清楚地看到三个黑铁做的箭头，老人边拉满弓边继续说：

“你想我把女儿嫁给你，这个梅贝特的兔崽子，梅贝特是个不懂尊重上帝、鄙视人类法则的人，他想在哪儿狩猎就在哪儿狩猎，他以为所有人都怕他？回去告诉你父亲，老皮亚科人可不怕他。”

刚说完这些话，老人放下了武器，虽然他的手指还紧紧地抓着白色的箭羽。

“我带来了彩礼，是我自己打的。”哈德科说。但这时，三个黑色的箭头再次出现在他的面前，老人因发怒而摇晃了一下。

“你想让所有族人和后人都知道皮亚科人接受了偷来的彩礼？你带来的毛皮上有红色的标记，你以为我们皮亚科人不知道这是伊弗希人的记号吗？你偷了他们的猎物，你和你父亲一样是坏人。”

求婚失败了……哈德科把手伸向彩礼，看到老人向后退了一步。

人们都知道梅贝特另一个与众不同的地方，任何时候他都不畏惧恐吓。当有人试着对他说恐吓的话时，他会笑着回答，并报复这些人，让他们不能忘记，几乎没有人能活着离开。两年前的冬天，五个外族人漂泊在原始森林，侵犯尤拉克人的丘姆。当他们拜访了梅贝特的营地后就消失得无影无踪。春天人们去狩猎时，在不同地方找到他们被刺了花纹的脸，梅贝特将他们埋藏在自己牧场的边界。

老皮亚科人知道这些。他看到梅贝特的继承人没有因为他的威胁而失去理智。他更愿意砍断他的手，而不是杀死这个原始森林和冻原地带独一无二的人的儿子。老皮亚科人希望这个不可一世的年轻人害怕……

哈德科的手紧紧握着刀柄。他感到有一股无名的怒火在他的体内升起，停在胸膛里。老人有经验的眼睛看到了这些，为了不丢脸，他冷静而凶狠地说：“滚吧，不然我们中有人就不能活了。”

这段时间结巴一直躺在雪橇上，这时，他拿起驯鹿的长杆捅了一下右侧的鹿，套子里的鹿突然叫了一声，整个雪橇动了起来。鹿静静地走着，没有人来追赶他们。哈德科不像先前那样着急赶路。雪橇继续往前走，哈德科茫然地看着营地远去，看着老人变成了一个小小的模糊的剪影。突然从丘姆里跳出一个人，跑着追赶雪橇，惊讶的哈德科赶紧停下雪橇。

向他跑来的是那个姑娘，老皮亚科人的女儿。她喊："停下，梅贝特的儿子，等等我……"

哈德科已经看见她可爱的脸，黑红的眼睛像河里湿润的石头。自从在宴会上见到这张脸后，他就再也忘不掉，姑娘的容貌每天都像太阳一样照耀着他。

她离他非常近时，停下了。哈德科看到姑娘竭力忍住笑，然后深吸一口气，响亮地向雪橇唾了一口，然后"咯咯"笑着快速地往回跑，她跑到父亲那儿笑着问：

"爸爸，我做得对吗？我按照你说的做了……"

老皮亚科人什么也没说回到了自己的丘姆。

驯鹿拉着装饰着红布的雪橇慢慢地走，不知道拉向哪里。玛哈科絮叨起来："哦！原来是因为这些毛皮，简直是灾难。我看见有记号，还以为是你的呢。我和你真是粗心，应该说是你买的鹿，或者说是别人送的……"

“她真的唾了一口？”梅贝特大声问。

“真的唾了！”玛哈科确定地说。

梅贝特笑得喘不上气，倒在毛皮上。

“只是，”玛哈科怯生生地说，“她应该呸向哈德科才对，为什么呸向我呢？……”

梅贝特没法回答他，因为他笑得说不出话来。当梅贝特恢复平静能说话了，他开始详细询问，他们是如何到了独眼巫婆那儿，又是如何度过那段时间的。

原始森林里不是所有人都知道独眼巫婆，但大部分人都知道她。她出生于萨满教家族，自己也曾经跳过大神。但有一次她严重违反了禁忌，她的魔力消失了而且无法恢复。灵魂拒绝和她交流，在她出现时上帝也放下帘子不接受她，任何一个世界都不接纳她的灵魂。之后她不能再跳神作法，不能预言，也不能治病了。刚开始人们还没发现她的不幸，还像以前一样去她那里或请她到营地作法，非常好地招待她。之后叫她的人一年比一年少，因为她无法给人们带来益处。

独眼巫婆住在自己的丘姆里，她把住所上的白色带子解下来，用刮刀将萨满教的记号从驼鹿皮上刮下来，踩坏了手鼓，把萨满的名字扔到水车里。后来她因郁闷病倒了，她不想活了，她相信自己很快就会死去，但是死亡没有来临，可见，世界上还有对她的怨恨。

她丢失的那只眼睛，也不像普通人那样是因为和敌人打架，或是被尖锐的树枝戳伤，或是箭或是火星造成的。巫婆的左眼皮肤是拉紧的，但眉毛是弯曲的，像个秘密的符号，毫发的轮廓显示这里曾长过睫毛。她奇怪地变成残废，好像是某种预兆，但慢慢地人们忘记了。

她仍然记得咒语，这些是萨满留给她的遗产。但独眼巫婆明白现在这些咒语变成了不需要的东西。由于郁闷她很憔悴，郁闷渐渐地蛀坏了她的心而让她神经错乱。

独眼巫婆去了原始森林深处，那里，解冻的沼泽散发着臭味，她在沼泽里长满苔藓的草墩子上滑倒了，脚受伤了，不能走路。那天余下的时间及晚上她都无法动弹，只好躺着，当第二天太阳升起时，她开始向家爬。虽然每一个动作都产生剧烈的疼痛，但巫婆继续爬，她比常人更能忍受疼痛。她期待的死亡，如同被邀请的客人一样，马上就要来了，但巫婆突然不想死了。

萨满教的人在世界各地游走，因为他们不害怕死亡，他们既熟悉死人的住所，也熟悉活人的住所。很显然，由于丧失了魔法，独眼巫婆变得和正常人一样想活下去，所以她用自己最后一点力气继续向前爬。她把嘴浸在沼泽里让它湿润，还吃了漂过来的罕见的苦果子，这些果子使她的内脏产生钻心的痛。

又一个夜晚来临了，她还没爬到家，只好在沼泽里长满苔藓的草墩子上又躺了一晚。

从昏迷中苏醒过来，她看到眼前长着巨大的成熟的蘑菇，软软的，带着深色的漩涡，像鹿的肝脏，蘑菇的头像一个空的大锅。巫婆茫然地拔出蘑菇，吃掉了它。然后她开始做梦，梦很短，是七色的梦，像逝去的童年，然后她飞起来了。突然，巫婆感到脚上的疼痛减轻了，她不再因沼泽严重的潮湿而打冷战。旁边还长着这样的蘑菇，只是小一些。巫婆也把它吃了，然后疼痛就完全消失了，连她的记忆也消失了。而出现了别的什么，由于疼痛消失而产生的更加愉悦的满足感，使得因失去魔法造成的郁闷也消失了。独眼巫婆变得很幸福，虽然第一时间她还没明白过来发生了什么事。

她试图站起来，她成功了，损坏的脚肿大了，固定夹板的线已经断了……但是没有疼痛，没有忧郁，世界突然变得值得活下去。

月亮高高地挂在天空中时，独眼巫婆好不容易回到了自己的丘姆，那个夜晚变得明亮而短暂。锅里还剩下半只带骨头的鹿肉，还有剩得不多、冷凝的肉汤。角落里旧驼鹿皮下保存着干燥的劈柴。巫婆在炉灶里生起火，她长时间地欣赏温暖的烟味。巫婆把锅里剩的东西一股脑儿地都吃了，不考虑明天该怎么办。吃饱了，巫婆扑倒在毛皮上睡着了，她睡了很久。她明白是那两个奇怪的蘑菇救了她的命。说实话，这并不难想到。

原始森林里的人很早就会辨认致人昏迷的蘑菇，但只有少数人知道吃多少才不会让人发生不幸或死亡。随着时间的流逝，知道这些事的人都不在了。然而有这样的传说，在瑟特河的上游人们找到了某个部族的营地，所有的人都死了，身上都带有撕裂的口子。一开始人们以为是狼干的，但他们嘴里的血使人们明白不是狼咬死的，而是他们自己互相撕咬致死的。再后来有件大家都知道的事：一个带着尖顶帽子的外地人，吃了蘑菇后昏迷了，他昏迷得如此厉害，以致原木压伤了他的生殖器，他死了。关于这个传说流传了很长时间，因为人们对荒唐的死亡总会记得比其他的事更久。

独眼巫婆焦急地等待伤脚的肿胀消退。终于，脚好了，她再次去了那片沼泽寻找有着巨大的帽子、颜色像新鲜鹿肝的那种蘑菇。如同狗会欢迎归来的主人一样，独眼巫婆的出现使沼泽里神奇的蘑菇的益处被发现了。她第一次采了很多，装了满满一袋，回来后把它们穿在旧弓弦上，悬挂在火堆上烘干。

能赶走忧郁的蘑菇成了她生活的全部。她自己学会了特别的加工方法。她知道吃多少蘑菇可以让人达到理想的状态，轻度昏厥、产生儿童般的快乐、完全无感觉、如泣如诉、抱怨自己、冷漠和激动、如何达到暂时失明或产生七色的幻景…… 她也认识到蘑菇的危险，如欣喜可以变成狂怒，抱怨自己可以导致自杀，轻度昏厥可以变成无休止的梦。

从那一刻起，独眼巫婆不再为失去魔法而郁闷，也不再记得萨满教让她受的耻辱。当她用神奇的蘑菇招待无意中进入她丘姆的客人时，她的生活完全改变了。

有个尤拉克人打猎回来，带回了猎物——几只紫貂。他吃了蘑菇后，把猎物从钩子上取下，就离开了，没有遗憾地把猎物都给她留下了。看到客人走了，独眼巫婆追上他提醒他忘了东西。不拿别人的东西，这是她唯一遵守的萨满教规矩。但是猎人用不解的眼睛看着她，然后解开了鹿皮皮猴，然后脱下，上身赤裸。

“这个也拿着吧！”猎人说着就蹒跚地走向原始森林。

这个猎人来过之后，又有很多人到过独眼巫婆的丘姆，尝过蘑菇的人差不多都会再来。巫婆没有向来人要任何东西，但所有人都毫不犹豫地留下了自己的财物。很快独眼巫婆的小屋就放不下财物了，她把这些财物放在另一处，距离她的营地不远的安静的丘姆里。

然而善良的人们中间有这样一些人，他们认为巫婆的蘑菇是原始森林不平静生活的罪魁祸首。有人曾几次攻击巫婆的营地，但每次她都很幸运地逃脱了，躲了起来。只有一次，有一支箭射中了她，虽然没把她射死，但重重地打到了她后脑勺。巫婆跌倒后失去了知觉，从那以后，人们就停止了对她的攻击。

可能来攻击她的战士以前曾去过她那里，也可能攻击者的决心减弱了，或者哪个神灵没忘记巫婆，帮助了她，总之，没人再继续攻击她。

这之后没多久人们又开始主动去她那里。呆呆的哈德科，坐着两头头上有白点的驯鹿拉着的装满彩礼的雪橇出现了。他出现之前，巫婆一直生活得平静富足。

哈德科在她那里待了三天三夜，请求巫婆让他昏迷，为此他给了她一头鹿和一大半准备给新娘父母的彩礼。在回去的路上巫婆给了他用皮子包着的桦树皮做的水壶，里面装着散发臭味的液体——犄角多叉的鹿的尿。驼鹿寻找神奇蘑菇的本事超过巫婆，因此巫婆把它看成她新生活的标志，她用鹿皮来装饰物品并秘密地为这些鹿皮做了祷告，而这些祷告是她在梦中听到的。

人们不知道哪头熊能抓住森林里的公牛。同样的，哈德科和他的同伴最终如何将圣水还给了巫婆也无人知晓。由此，人们认为鹿尿有神奇的特性，偷偷地夸耀说喝了它就会忘了憎恶。[1]

---

1　译者注：这句话描写的是人们对巫婆做的饮料的神秘的态度，巫婆仿佛有一种看不见的力量。

梅贝特在家里亲切地招待玛哈科，而他讲的事情也越来越多，吃得也很开心。

“你的嘴很忙，”梅贝特说，“同时做两件事，吃东西和说话。”

“我习以为常了。”玛哈科愉快地回答。

“既然这样，告诉我，哈德科怎么知道独眼巫婆住那儿？”

玛哈科的口水流了出来，吃了一半的食物卡住了。从出现在营地的那刻开始，他就害怕梅贝特问他哈德科是怎么到了那个不干净的地方的。但主人的和蔼可亲和慷慨缓解了他的恐惧，现在恐惧又重新出现了。玛哈科清楚地知道自己不善于撒谎，不能隐瞒真相，要知道就是他，不是别人，建议哈德科去看到处用鹿皮装饰的巫婆的丘姆。

勉强把没嚼烂的肉咽下，玛哈科决定保护自己，他开始一句接一句地说：“据说，很多人都知道独眼巫婆，哈德科怎么会不知道呢？”而他一开始在路上就劝说哈德科不要去做这件蠢事，也不要吃蘑菇，更不要喝壶里的东西，他可以对熊头发誓他说的都是真话。

“希望一切如你所说的那样。”梅贝特和善地微笑着说，“哈德科早就开始独自去森林了，他现在是成年人了。感激你把儿子活着给我带回来。”

听了这些话，玛哈科的心变得很温暖，那一刻他的脸上浮现出神圣的笑容。梅贝特继续说：

“只有一件事要请求你……”

玛哈科热情地、勇敢地大声喊：“说吧，只要我有！”要知道他是个乞丐。

“作为我的客人留下来，多待几天，直到哈德科康复。我要出去几天，不会很久。尽情地吃喝，做你自己想做的任何事都可以，一定要等我回来，我要去弄一份适合你的礼物。”

停了一会儿，梅贝特又补充说：“应该这样招待善良的人！”

幸福从天而降，玛哈科简直不能相信。

黎明之前梅贝特就出发去了原始森林。亚恩德涅在半梦半醒之间听到滑轨在解冻中厚实的雪上滑动的“吱嘎”声。她跑到丘姆外时，雪橇已经滑得看不见影了。深深的鹿蹄印表明梅贝特很着急地离开了营地。没过几天狗就从原始森林返回来了，跑在前面的是沃伊贝利。主人没有带它，但带走了长把猪刀、两张弓和一个装满新箭头的大箭袋。

和从前一样，梅贝特没告诉妻子他准备去哪儿、为什么去。刚在一起时，亚恩德涅还很担心丈夫，很快她就不再担心，因为她知道，没有什么能伤害梅贝特。但现在曾经的担忧又出现了。

中午的时候哈德科醒了。整个晚上他都在呕吐，吐的东西鲜红鲜红的，母亲非常害怕，以为那是血。清空了胃，儿子又昏厥过去，好像嘟囔着什么，仔细听，母亲好像猜到人的名字和只言片语，但她无法理解是什么意思。

昨天一整天，亚恩德涅都在招待丈夫和他的朋友，把桦树皮做的圆盒子拿到丘姆里，端来了带着浓汤的鹿肉、整只的干鱼。她听到了丈夫和客人的笑声，但她并没听到玛哈科讲了什么。不难猜到是和她儿子的灾难有关，老皮亚科人蔑视儿子的彩礼，赶走了他。

哈德科那时十八岁，原始森林那个年纪的人一般都生第一个孩子了。亚恩德涅作为母亲曾责怪丈夫不愿意给儿子找媳妇。有几次她大声责备，而梅贝特总是把她的话当玩笑，后来他禁止妻子干预这件事。她为此很生气，但很快她的怒气就消了。

亚恩德涅向丘姆里张望，在熄灭的炉子旁边玛哈科盖着兽皮在打鼾。她重新点燃了炉子，然后去看儿子。

哈德科醒了，像死人复活了。他拒绝了母亲用木盆盛来的肉汤，他睁大眼睛躺着，没说话，亚恩德涅也没和儿子说话。

日落的时候，儿子出声了，询问："爸爸在家吗？"母亲正在缝皮猴，没停下手中的针线活，她说：

"早上就走了，去哪儿也没说……"



哈德科从兽皮上爬起，慢慢地站起来，晃晃悠悠地走出丘姆。他出去没多久就回来了。雪橇停在营地中央，红色的带子被扯断了，剩下的彩礼还留在上面，梅贝特根本没动过。哈德科进到了大丘姆。玛哈科刚刚做了一个兴奋的梦，此刻他醒了，正盘腿坐着。看上去他刚刚咬下冷骨头上的剩肉。

“你好，兄弟！”玛哈科看到哈德科喊道，“你睡了很久，终于等到你醒了。”哈德科坐到了他对面。

“应该是这样，独眼巫婆的大蘑菇可真厉害！”玛哈科哈哈大笑着说。

玛哈科把脸垂向哈德科低声说：“兄弟，我和你爸爸成了朋友。你知道是怎样的朋友吗？他款待我，说了很多好话，没有哪个地方像他这样招待过我。你知道，我喜欢去做客，喜欢和人们交谈……可我的那些同族人像花鼠一样吝啬，有时给饭吃，而有时连光秃秃的骨头都不给。他们说我没事瞎游荡，妨碍他们，说我两手空空，还说我怎么不住在自己的丘姆里。但是，兄弟我不是个闲人，而是个快乐的人，能帮助别人的人。看我不是帮了你吗？你爸爸非常感谢我把你从巫婆那儿活着带回来。你想想要是没有我，你不冻死在路上才怪。我在去亲戚家做客的路上碰上了你。我听到狗的狂叫声，看到鹿拉的雪橇靠近了营地，雪橇上坐着一个不认识的人，低着头。我对你说，‘兄弟，没事吧，你是谁？’而你不说话……像个死人！雪橇继续走，你坐着睡着了，愚蠢的、邋遢的你冻硬了，可我不相信你死了，为了能让你活过来我就用火耐心地烤，折腾得我精疲力尽，但没把你埋了。你是谁，我不知道。爷爷说好像是冻原地区的亚皮吉克人，他没见过，也不知道你是谁……这就是我和你发生的事。要不是我……”

玛哈科无拘无束地侧躺着大声问：

“你知道你爸爸去哪儿了吗？”

“去哪儿了？”

“去给我准备礼物。我说过，他很感谢我把你活着送回来。”

哈德科感到恶心像一股猛烈的巨浪涌向喉咙，他迅速跑出丘姆，趴在他驾着去求婚的那个雪橇旁边。身体哆嗦着，他突然变聋了，变瞎了，看不到被吓坏了的亚恩德涅如何跑向他。呕吐停止后，母亲帮他站起来，把他几乎放到自己身上，扶着他回到丘姆，哈德科“轰隆”一声倒在床上。亚恩德涅给他盖上兽皮，赶快跑去拿干柴，好让丘姆更暖和一些，当她返回来时听到了陌生的、让人害怕的声音——哈德科号啕大哭……要知道原始森林里连小孩子都很少哭，在她的记忆里从来没见过男人哭。她被吓坏了，但恐惧很快就过去了。在她眼里，兽皮下那个人不再是勇敢的猎人、父亲值得骄傲的儿子，她看到的只是一个身上长着绒毛的婴儿，躺在桦树皮做的摇篮里。她弯下身用手抚摸着儿子摇动的头，抚摸着儿子黑色的因出汗而发黏的头发。

亚恩德涅俯身贴近儿子的耳朵，从她嘴里飞出的低语像夏天的天气一样，安静、低沉、温暖。哈德科睡着了，并不知道母亲嘟囔了什么。

母亲念的是一首歌谣，是唯一留在她记忆里的她氏族的东西。她知道这首歌谣的时候，还没成为梅贝特的妻子。

她念的是：

我是柳雷鸟[1]，我是柳雷鸟，
我飞向太阳升起的地方，那里住着太阳，
我飞向太阳升起的地方，太阳在那里起床，
我飞向太阳升起的地方，河流从那里流出，
我飞向太阳升起的地方，上帝住在那里，
我飞向太阳升起的地方，为了编织一个窝，
我飞向太阳升起的地方，为了繁殖雏鸟，
一只和我一样的雏鸟，白色的。
雪，把我藏起来吧，躲避敌人的獠牙，
雪，把我覆盖吧，躲避白羽毛的箭，
把我覆盖吧，避开雕鹰羽毛的箭。
树枝啊，保护我！
树枝啊，保护我！
远离陆地上走动的敌人。

1 译者注：典型的寒带鸟类，主要分布于欧亚大陆的北部至蒙古、乌苏里及萨哈林岛。

蓝色的天啊，保佑我！
蓝色的天啊，保佑我！
不受刮来的树枝的伤害。
河神啊，庇佑我，
河神啊，庇佑我，
不要破坏飞向日出的路线。
风神啊，请抓住我，
风神啊，请抓住我，
如果力量不够了，请给翅膀一个支架，
不要把我吹向黑暗，
不要把我吹向薄冰，
不要吹向雪面冰壳……
我用带着香味的草筑巢，
我用柔软的针叶筑巢，
我将白白的细毛放进窝里，
为了让小鸟保持温暖。
让我的雏鸟望着日出，
让它看看太阳住在哪里，
让它知道河流流向哪里，
我的雏鸟会飞得比山高，
它的翅膀会比河流宽阔，
它不会害怕卡尔斯神鸟，
黑色的，恐惧的母亲。

雪神，
风神，
住在树上的神灵，
我是柳雷鸟，
我是柳雷鸟，
我引领雏鸟，飞向太阳，
白色的，唯一的……

又过了一夜，接近白天的时候，沃伊贝利叫了起来，梅贝特的雪橇出现了。所有丘姆里的人，哈德科、亚恩德涅和客人玛哈科都走到院子里来迎接主人。两只鹿拉的雪橇靠近了，可以看到梅贝特矮矮地坐着，这意味着雪橇上是空的，上面没有很多猎物。梅贝特出现在自己的营地上，看得出他很高兴，像往常一样对自己很满意。女主人和客人尊敬地向他鞠躬。

梅贝特只回应了客人的问候，然后马上对他说："我很高兴，你尊敬我，善良的朋友玛哈科，你等到我回来。请原谅，我回来晚了，有些困难的事需要做。我没在的这段时间，你吃得还好吧？"

"我从来没吃过比这更好吃的，从来没睡得这样香。"玛哈科回答。

"正如我答应的我给你带回了礼物。"梅贝特从雪橇上拿下个袋子，里面好像有比较重的圆形的东西，但没有给玛哈科，而是将它放在自己的脚边。

“过来，看看，这是什么。别不好意思。”

玛哈科微微地鞠躬，走近梅贝特，俯身拿起梅贝特脚边的袋子，用幸福的眼神环顾了一下所有人，他把手伸进袋子，僵在那儿。梅贝特脸上的笑容一闪而过。玛哈科把手从袋子里拿出来，指头上都是血。

“给所有人看看我的礼物！”梅贝特友善地说。

什么也不明白的玛哈科把袋子倒过来，突然大叫一声，跳开了。独眼巫婆的头颅“咕咚”一声掉到了踩平了的雪地上。玛哈科清楚地看到，黑色毫毛的曲线和眉毛粘连在一起，巫婆的头发被血染红了。

“你知道，独眼巫婆临死前对我说什么了吗？”梅贝特问，“她说，从来没给过你什么神奇的蘑菇。不是因为你付不起，而是因为傻瓜感觉自己很幸福。这就是为什么你是清醒的，而且把儿子活着给我带回来。谢谢你，朋友，玛哈科。礼物你可以拿走了。”

玛哈科没听到最后一句话，因为他逃向了原始森林，连留在哈德科雪橇上的滑雪板都来不及拿，他一边跑一边大声号叫。以后无论是梅贝特、亚恩德涅，还是哈德科都没再见过玛哈科——他们的那个远方亲戚。

梅贝特用脚轻轻地推了推雪地上的巫婆的头，头滚动起来，扎进雪堆里几乎看不到了。母亲和儿子惊呆了，一句话也说不出。能说话的只有梅贝特，他对哈德科说：

“在你用绳子捆雪橇的时候，我想起了一件事，对你非常有用，但没来得及说，现在讲给你听。我和老皮亚科人差不多同龄，很久以前我们在大熊节上打架，闹着玩，我抓住了他的头发，轻松地拽去了他半张头皮，直到现在那儿都不长头发。老皮亚科人因此记恨我，而且他将这种恼恨带到了另一个世界。”

梅贝特大笑起来：

“过了很多年，你，我的儿子，去向他的女儿求婚。难怪他会联想到蛮横无理。但我替他感到高兴，因为他骂了你，或许这能让他感到快乐。”

哈德科一动不动地站着，没出任何声音，但从那刻起，他开始憎恨自己的父亲。

梅贝特继续说：

“还有礼物等着你呢！这个礼物比给玛哈科那个还要好！”

这让哈德科和亚恩德涅更惊奇，难道梅贝特不是拉着空雪橇回来的？难道他的兽皮底下藏着什么东西。梅贝特掀开盖布的边缘假装温柔地说：

“出来吧，亲爱的，到家了。”

原来兽皮底下藏了个姑娘，属于瓦伊诺特族的。

梅贝特带她回来给自己糊涂的、没有想法的儿子做媳妇。他轻松地抓到了这个姑娘，像他获得其他想要的东西一样。

姑娘很漂亮，好像比皮亚科家的姑娘还漂亮。梅贝特按照自己的口味选择了她。巧合的是她的名字和他儿子的很像——哈德涅，绰号“暴风雪的女人”。

姑娘被安置到旁边的小丘姆。好几天她都处于惊恐状态，不吃东西也不说话。亚恩德涅不停地去小丘姆看她，她担心她就像前几天担心自己的儿子一样。

至于梅贝特，他没流露出任何感情，没有骄傲，没有快乐，也没有更多的担忧，他只是做了他认为必须做和应该去做的事。只有一件事让梅贝特感到遗憾,就是这件事不是他儿子做的——可能他什么时候也不会做出这样的事。他的儿子尊重一切人类的习俗，所以，他永远也不会成为上帝宠爱的人。他想：就让哈德科成为一个好猎人吧！他有力气，虽然这样的打猎能手和有力气的人原始森林里有很多。

亚恩德涅悉心地照料着姑娘，她也接受了她的关心。亚恩德涅不再关注丈夫了。梅贝特以为妻子隐藏了委屈或愤恨，但其实不是这样的，妻子的关心里还掺杂着恐惧。有一次亚恩德涅抱着一捆干树枝，看见了丈夫，她看着他的眼睛平静却明显带着责备地说：

“梅贝特，你都做了什么啊！瓦伊诺特的族人会为姑娘报仇的。所有人都会来。他们不是三个或五个，会是整个军队。你知道瓦伊诺特的男人可不是好欺负的。”

“让他们来吧！”梅贝特冷冷地回答。

亚恩德涅摇着头绝望地重复：“你做了什么啊，梅贝特，你都做了什么……”

她进入了丘姆，折着干树枝，往火里添柴，准备做饭，深深的不安萦绕在心里，其实这种不安在哈德涅被偷来之前很久就有了。

可以肯定地说梅贝特是个特别的人，或者说特别得简直让人难以相信。梅贝特的头发已经发白，所以亚恩德涅经常想，他还能活多久？太阳都会慢慢地落山，上帝对他的慷慨不会落山？也可能他会长生不老，但是为什么衰老的迹象（对其他人的麻木，还有胆怯）在他身上出现了呢？原始森林的人要用多少力气和自己的忌妒心做斗争、与被渲染的屈辱做斗争？什么时候他们能建立自由的界限？他仍然能抓住飞着的箭，可是两支呢？五支呢？十支呢？一百支呢？成百支飞向他，他还能抓住吗？

亚恩德涅还想：可不可以说梅贝特是个坏人？不能，当然不能。他对人冷淡，对妻子也不温柔——年轻时就这样。但丈夫从来没侮辱过她，更没打过她，而在原始森林里男人打女人是最平常的消遣。

有时他是残忍的。但最终看起来残忍的事往往会成功并带来好处。梅贝特打死了独眼巫婆，把她的头当球——这难道不残忍？然而他用短短的一天就做了很多人许多年都做不成的事。

他不按一般的法则生活。亚恩德涅还记得梅贝特年轻时，有一次批评德高望重的人所说的话：

“我知道你们想要什么？”梅贝特对他们说，“你们想，我的力量会消失，我会变成软弱的人，和你们一样。难道软弱可以阻止力量？要知道力量是不可阻挡的……”

说这些话之前和之后梅贝特的生活都让人明白，世界上有很多秘密，梅贝特就是非人的智慧能解开的谜。于是德高望重的人迁就了他，之后所有人都迁就了他的想法。

## - 战　　鹿 -

亚恩德涅的恐惧后来得到了证实，姑娘被偷之后复仇接踵而至。早晨，主人和儿子在捆绑新雪橇，一只鹿带着黑色的箭跑回了营地——黑色的箭是瓦伊诺特人挑战的标志。看了看鹿，梅贝特对儿子说：

“正如预料的那样，因为婚礼他们要向我们挑战。”

梅贝特向丘姆走去，准备换一件皮猴。虽然他蔑视习俗，但了解这些习俗。鹿到来之后不久挑战方的使者就会到，来讨论战争的条件和确定打仗的地点。不接待使者，就表示在第一支信号箭发出前就承认自己被打败了。

梅贝特想体面地接待未来的敌人，因此他准备去换件衣服。哈德科猜到了一切,但他继续绑雪橇,因为他还在记恨他的父亲。

沃伊贝利大声地叫起来，其他的狗也跟着它吠叫——使者出现了。两头鹿拉着挂上红旗的雪橇快速驶来。雪橇上坐着胜任讨论战争条件的两个老者。

“欢迎你们，尊敬的人。”梅贝特鞠了一个躬说道。

老者接受了挖苦似的欢迎，但没有回答他。

“我们对你忍无可忍了，梅贝特。”其中一个人说。那个人颧骨很大，一张三角脸，脸上长着细长的胡子，这些胡子被编成了辫子。“让我们成为第一批阻止你的人，如果需要，我们会要了你的命。”

“为什么偷走了我们的姑娘？”另一个人挥舞着拳头说。

“难道你没有鹿，付不起彩礼，你的棚子是空的吗？”第一个人补充道。

两个人交替着说，把自己的仇恨洒向梅贝特，让他明白瓦伊诺特人有多恨他。

“你在别人的牧场打了多少野兽？”

“你偷了多少姑娘？”

“任何时候也没有和解！”

“侮辱别人你感到很快乐……”

“你喜欢刺伤别的氏族的骄傲……”

“不久这些都会结束的……”

“不久……不久我们就要让你停止……”

这样持续了很长时间。最后，梅贝特友好地回答老者：“我不明白你们的仇恨从何而来，尊敬的人们。是的，我偷走了姑娘，但是我没打死任何人。”

梅贝特说完这些，两个老者开始互相低声交谈，但他们的声音如此大，以至所有人都听到了：

“他在嘲笑我们……”

“他在找死……”

“可能他以为，我们应该感谢他没打死我们的人？”

“不可理喻，不可理喻……”

梅贝特打断了使者假装的谈话，他用不那么友好的声音说：“关于偷姑娘一事，我完全承认。把我看成土匪恐怕不太合适吧！我偷走姑娘，是帮助那些娶不起老婆的人。为我自己，我只偷了亚恩德涅，她就在那儿，在你们面前。我偷走了你们的姑娘，也不是为我自己，而是为我的儿子。他过于诚实，从而让自己陷入了很糟糕的境地，痛苦得差点死掉。”

梅贝特已经知道，老皮亚科人觉得自己是胜利者，他到处散布哈德科向她女儿求婚的事。

“你们凭什么这样责备我？有一件事你们错了，尊敬的人们，侮辱别人和损伤别族没有让我获得满足，因为没有人能让我明白，他真正被刺伤了或被侮辱了。”

梅贝特用他习惯的方式说。他说的是事实。按照习俗是允许偷姑娘的，也有这样的规矩，但为了避免战争，要求男方去和姑娘的父母和解，带着财物去女方的营地，请求父母的原谅和祝福。通常，如果氏族之间没有宿怨，送来的彩礼符合父母的口味，男方就可以得到妻子。因为把成熟的姑娘以比预期低的价格卖出总比把她留在家好，否则还要给她吃，给她穿，最后等她变成老处女，就没人要了。

但是如果一年之内男方家没有去和解，女方家可以认为自己真的被侮辱了，他们有权去报复，女方家有充分的权利维护被玷污的尊严。如果女方家是穷人，事情就简单得多；如果姑娘很漂亮，又出生于富裕的家庭，她父亲认为女儿的婚姻和财富是相关联的，就会进行复仇。

瓦伊诺特人没有耐心等上一年，他们认为这没有意义。等待梅贝特或他儿子带着财物去请求原谅比等待死人复活更难。所以瓦伊诺特人决定在规定的期限前派出挑战的鹿。

梅贝特不止一次参与偷新娘，从来没遭到报复。通常听说了盗窃者的名字后，被偷的人就忘记了愤恨。没有人想把命运和梅贝特联系在一起。当然，羞愧不是马上就能消失的，尤其当女方家比较贫穷、家族的男人们比较软弱时。他们为自己辩解说发生了就发生了，事情变得更好了，让新娘过得更好吧！难道还指望已经嫁人的姑娘换来大量的财富？通常娶女人只是因为美貌，更何况非常富有或非常强壮的人因为爱情而娶女人呢！很少碰到梅贝特这样的男人，爱情代替了财富，爱情赋予了他一切权利。

偷来的姑娘长得非常漂亮，而她的氏族瓦伊诺特又是富有的，男人们非常强大。梅贝特知道这些，他并不感到惊奇，偷哈德涅的结果不会是和平。

沉默了一会儿，把胡子编成辫子的那个老者说话了，他无法控制自己的仇恨。

“我们知道，梅贝特，虽然你头发白了，但仍然还能抓住飞着的箭。大概，你会很高兴等到那个时候，当你的头完全变白，变得和我们一样。痴心妄想！要知道太阳也会下山，绿色的森林在漫长的冬天也会变成黑色……”

亚恩德涅的心禁不住一颤，老者说的正是她昨天想的，就好像有人告诉他似的，连词都没变。



“力量没有消失，梅贝特，成功总是伴随你，就像忠诚的狗，无论你是处于优势，还是处在危难中都没有离开你。”老者继续说，“你不知道自己力量和成功的界限，这不是你的功劳。幽灵没有给予你这样的体验，让你展示自己力量的极限。看来，这是他的意志，我们无法和他争论。但是我是个凡人，那么像凡人那样推论，你能抓住一支箭或两支，甚至三支是可以的。然而你能驱开十支箭，你可以躲开射向你的几百支箭吗？你想想，梅贝特……你同意我的观点吗？”

“想想吧！”另一个老者补充说，“我们派出了挑战的鹿，意味着我们不是和你开玩笑，不会让事情没有结果。瓦伊诺特人很多，如果需要，我们所有人都会来而不感到羞愧。我们是被侮辱的，这不是节日上一对一的自娱自乐。你有家，有妻子，有儿子，他还不是很有经验。不要让他们和你自己的性命陷于危险中！”

梅贝特猜到老者想要什么，尽管他不认为他们的话有什么特别的意义。按照惯例劝说者有义务暗示和解的可能性。如果劝说没有成功，那么发动战争也是他的权利。梅贝特知道，他们会建议归还哈德涅，或者带着财物去请求姑娘父母的原谅。如果这些事由哈德科来做，老者未必会满意，年轻人的忏悔不能满足瓦伊诺特人被刺伤的自尊，梅贝特的忏悔却是另外一回事。

老者的劝说让梅贝特感到疲劳，他向老者鞠躬，转身走到远处的丘姆，很快和哈德涅一起出现了。她没听到梅贝特和她氏族的人说了什么，但根据噪声、雪橇的“嘎吱”声、狗的吠叫，还有只言片语，她能猜到发生了什么。亚恩德涅的照料让她从吓呆的状态逐渐恢复过来，她开始吃东西，开始说话，但说得不多，而且哈德科——她未来的丈夫，好像也不那么可怕。但梅贝特让她害怕，他有种无声的威严，让她恐惧，甚至让她失去活动能力。这种恐惧是梅贝特第一次接触她时给她留下的。

她永远忘不了那个清晨。

那天清晨，在离营地不远的地方，河岸边的森林里，哈德涅看见了奇怪的事，三只柳雷鸟从雪堆里跳出，飞向高处，跌落了，可它们爬起来继续飞，又跌落了。哈德涅着迷地看着神奇的鸟，看到柳雷鸟预示着幸福要来临。为了能更近地看这几只鸟，她跑向柳雷鸟舞蹈的地方。

柳雷鸟正好跌落在她脚边，这时，被风吹平了的雪在她背后急速向上腾起，一股无法控制的力量倒向她的肩膀，同时一只毛烘烘的皮手套捂住了她的嘴巴。哈德涅不知道自己是怎么出现在雪橇上的。她被兽皮裹着，什么也看不到，什么也听不到。那股力量没让她疼痛，但让她昏厥过去了。

一路上她都躺在黑暗中，一动不敢动，因此也没必要被捆起。哈德涅感觉到鹿在跑，听到了鹿的叫声。一切在她身旁疾驰而过，好像有什么荒诞的事发生在她身上。



为儿子偷来新娘后，梅贝特很高兴，这样的事他还从来没做过。他希望再一次欣赏上帝对他的宠爱，神灵帮他实现了愿望，甚至比他希望的还要好。

去瓦伊诺特的路上，他占卜的结果是会看到象征幸运的粉红色的柳雷鸟。为了让鹿稍微休息一会儿，他把雪橇停了下来。他看到了柳雷鸟，不是一只，而是三只。梅贝特放了三个活扣，在上面盖上一层薄薄的雪，他拉动活扣很容易地抓到了它们。这三只柳雷鸟表现出令人惊奇的顺从，没有挣扎也没有逃走。在距瓦伊诺特营地不远的地方梅贝特停下雪橇，他在每只鸟的一只脚上套上一个长的活扣，悄悄地把它们放在地上。自己则像鸟一样藏到雪堆里，躺下，通过干燥的植物的茎来呼吸，活扣的尾部握在他手里，三只鸟顺从地等待着信号。

天开始变亮了，人们醒了，有人从丘姆里出来，当梅贝特听到女人的声音时，他开始交替地抖动活扣让鸟飞起，落下，再飞起，再落下……

在不远处的树林里两只鹿在等待主人的召唤——它们会跑向梅贝特发出声音的地方。

瓦伊诺特族的人看见了地上雪橇留下的印迹，后来发现哈德涅——族里最受尊敬的老人的女儿不见了，他们开始追赶。梅贝特不止一次射中追赶他的人，但他们没死，因为他的箭不尖，只射中了头部，就落下了，但中箭的人仿佛吃了独眼巫婆的大蘑菇似的头痛得厉害。

现在梅贝特和新娘站在一起，面对所有人：哈德科、亚恩德涅和瓦伊诺特的使者。梅贝特没有抓着哈德涅的必要，他也不靠近她，他们都站在那儿。僵持了一会儿，沉默像春天的雪一样沉重，一个老者忍不住说："哈德涅，我的姑娘，很快你就能回家了，我们会把你带回去的，哈德涅……"

哈德涅没有回应老者的话，她站着没动。

"你看到了，她不想回去，你们可以走了。"

所有人，除了梅贝特之外都战栗了一下，这是一直没说话的哈德科的声音。

"她不想回去。"哈德科更坚决地重复。

使者发慌了。带胡子辫子的老者首先清醒过来："从什么时候开始，有父亲在场时轮到小屁孩决定战争的事了！"

"他不是小屁孩，"梅贝特说，"这是她丈夫。"

现在不容置疑，战争不可避免了。

"是你自己把灾难引向自己和家庭的，"老者说，"如果有必要我们的大队人马都会来。"

"来吧！"梅贝特冷冷地说。

通常遇到这种情况使者们会开始讲战争的条件，他们询问敌人："你们认为在哪里开战最合适，是在河面的冰上还是在雪地上，或者在偷哈德涅的地方？"没流露出任何不安，梅贝特回答老者们："冰已经不结实了，雪地更合适。"

“更何况，”他补充道，“现在我已经很熟悉这地方了。”

老者们建议三天后开战，从日出打到日落，晚上休战，被打死的人就留在雪地里，受伤的人不当俘虏，让他们回到自己的营地。梅贝特一家当场就同意了。事情办完了，他们可以回去了。然而，惘然若失的感觉越来越强烈。虽然原始森林和冻原地区的人都知道梅贝特是个独特的人，但一家两个男人接受一个氏族的挑战，这样的事从来没有过。他们想，也许梅贝特会叫朋友来帮忙。但他们忘记了，梅贝特没有朋友。

最令人惊奇的是哈德科挑起了战争。老者们看得出这里有小孩子的鲁莽，掺杂着无法控制的粗鲁无礼。而梅贝特赞许儿子的反常行为，更让他们有一种不安的预感。

当红色的旗子从丘姆消失时，亚恩德涅抱着丈夫的腿跪倒在地大声喊叫起来，她恳求丈夫追上使者告诉他们，都是儿子的骄傲和粗鲁惹的祸，一切都还给他们，请求和解。不然就只有死亡，死亡，死亡……

梅贝特弯下身，扶起亚恩德涅，让她紧紧地贴着自己，他把腿抽出来。她不记得什么时候他曾像现在这样，让她紧贴着他。他们就这样相拥地站着，直到亚恩德涅停止了号啕大哭。

“去丘姆，多炖些肉，”梅贝特平静地命令，“我们所有人都需要吃好。”

妻子沮丧地垂下头，按照他说的去做了。

除此之外，梅贝特还命令不要动哈德涅，什么也不要对她说，不要让她干活，只要珍惜她。本质上，偷来的瓦伊诺特族的姑娘还没进入他的家庭，她现在就像存在争议的土地，战争没决定胜负之前，任何人都不能从上面拿东西。

老者们怀疑这是场有阴谋的空前战争，因为梅贝特轻松地接受了挑战，他们这样想是徒劳的，其实那一刻梅贝特什么也没想，他不知道如何打这一仗。

战争不是他而是哈德科挑起的。

儿子的行为让他感到很奇怪。难道他爱上了哈德涅？可他们几乎没见过。突然梅贝特明白不是新娘的美貌，也不是失望让哈德科说了那样的话。通常人们为了土地、财富和权力，为了报仇或只是因杀人的欲望而发动战争。发生在人类战争之前的最原始的、野兽们的争斗只是为了争夺雌性。这是一场为女人而发生的争斗。女人是被命运抛到其他地方的家族最先要获得的，如果偷袭成功，习俗的效力会使家族继续存在。哈德科身上原始的男人的本能苏醒了。儿子的行为让梅贝特看到，存在两个哈德科，其中一个是被命运抛到其他地方的家族的首领，他的使命感促使他做这些事。梅贝特这样想，可惜他错了……

## -叉形箭-

三天后，瓦伊诺特军人来到伸向森林的河岸边的雪地。天还没亮，他们到了当初梅贝特偷哈德涅的地方，停下来等待敌人的到来。他们的营地就在附近。起初老者们没想要离开营地，但最后一天晚上，他们改变了主意，收拾了丘姆和家当，把那些不能参加打仗的人都送到河的上游。

促使瓦伊诺特人搬家的原因是，两个人接受一个氏族的挑战这很奇怪。使者尽管极力想隐藏他们对梅贝特的恐惧，但还是将这份恐惧带到了营地。瓦伊诺特的男人们经过长时间的讨论认定，梅贝特还没强大到只带一个儿子做帮手。他们确信梅贝特会叫其他人来帮忙，来给他帮忙的或者是他付钱请来的或者是因害怕不得不来的。

瓦伊诺特人不知道也不可能知道对手的人数。根据战争的传统，他们派出了侦察的人，但到现在也没回来。这使他们更多了一份恐惧，抓住侦察员把他的血涂抹在丘姆上被认为是胜利的征兆。几个瓦伊诺特人悄悄地说，不久他们可能会看到雪地上粉红色的痕迹。

天空渐渐变得明亮起来，太阳不情愿地从远处的山岗上爬上来，带着一小束稀疏的黑色森林的影子。瓦伊诺特的首领看看天，命令在指定的地点安置一个带有红旗的小丘姆。小旗子放置的地方正好是梅贝特控制粉红色的柳雷鸟从雪地起飞的地方。首领故意选在这个地方，一是想刺伤梅贝特，更重要的是想激起军士们的斗志。首领在军士们的脸上看到了希望，嘴唇在躁动，好像知道战争就要开始了。

太阳已经升起一半，但对手还没出现。等待是令人厌烦的，然而现在等待中揉进了一些胆怯的希望，或许梅贝特回心转意，放弃打仗，斥责放肆的儿子，撤退。因为即便他带了别人来参战，战争中他自己也可能阵亡，或者儿子阵亡，或者别人受伤，这对任何一个家庭来说都是可怕的。没有人会照顾梅贝特的妻子，被偷来的哈德涅可能会回到父母身边，他的儿子（如果能幸免一死）再也不能找到新娘了，因为他不会像父亲那样偷姑娘。他的畜群和他的财物都将归属胜利者。梅贝特的家将变成一个空壳，他的家人将变得无足轻重，寄住在别人的丘姆，他们将一无所有，不得不去侍候富人。亚恩德涅老年时将不得不做最脏最累的活，哈德科将变成牧人，为了 块肉而忍受鄙视和辱骂。但梅贝特的骄傲不允许这样的境遇出现。

任何力量，即便是他所具有的这种力量，也有极限，就像客人待久了就会放肆，成功也不会总是属于他。而瓦伊诺特人有很多，还没有谁敢说这个氏族缺少好猎手和勇敢的军士……

这样的想法在很多人脑海中徘徊，这种想法已经开始变成一种信念。这时坐在最高的树上负责瞭望的人大喊："他们来了！

看见鹿了，两只，还有丘姆……”

“梅贝特在哪儿？”瓦伊诺特的带头人仰头喊，“有多少人和他一起？”

“我没看到有人。”瞭望者回答，“只有雪橇，其他什么也没有。”

“看仔细点，你个瞎雕，应该有人。”带头人生气地喊。

“没有人，尼亚鲁伊，一个人也没看到……”

尼亚鲁伊，绰号“叉形箭”，意思是很会打仗，是瓦伊诺特族带头人的名字。他吩咐瞭望者不要从树上下来，一看到什么可疑的东西马上就喊。套在一起的鹿走得很慢，距离还有点远。在鹿经过的这段时间坐在树上的人没看到有人。

军士围着尼亚鲁伊，猜测空雪橇是什么意思。有人说，雪橇不是空的,在兽皮下面藏着梅贝特和他儿子,可能还有其他人。有另外一种猜测，敌人送来了财物，请求和解。

“愚蠢，”带头人说，“难道鹿自己知道怎么走向我们的营地？”

“梅贝特不是普通人，他的鹿也不一般。”有人反驳他。带头人还没来得及回答，从树上传来消息说确实没人在雪橇上。

两只白色斑点的鹿靠近了瓦伊诺特带头人。它们带来了用红色带子捆着的财物，上次去求婚时带的那些。雪橇上除了驼鹿皮，没有别的东西。带头人围着拉雪橇的鹿转了一圈仔细地检查，发现右侧那头鹿黑灰的侧面有一个白色的记号，是印有箭的圆圈。油漆还是新的，这时那些瓦伊诺特人明白了这是梅贝特接受挑战的记号。

留在森林里的军士来到白色草原的中间。军士们站着，沉默着，不明白这意味着什么。大家都在等尼亚鲁伊说点什么，但他也说不出什么。沉默持续了一会儿，最后，有个军士说："梅贝特是不是想用两头鹿、鹿皮和雪橇收买我们？雪橇还不是新的！"说完自己都笑了。"你给我闭嘴！"尼亚鲁伊大声呵斥。

一切又恢复了平静。

"我受够了他的猜疑，受够了他的嘲笑！"带头人说，"我们做了我们该做的，现在去他的习俗。我们稍等一小会儿，等到太阳完全出来，如果梅贝特还不出现，我们就去他的营地烧毁他的丘姆。让他们爱说什么就去说吧！谁会喜欢这样！但我就这么做。这是梅贝特自找的。"

尼亚鲁伊充满决心的话驱散了军士们的怀疑。军士们跳起来，高兴地喊叫，兵器也轰鸣起来。当太阳露出最后的边界时，瓦伊诺特人开始向梅贝特的营地靠近。军队的后面有几头鹿套在一起，拉着空雪橇，这是用来装战利品的，如果需要还可以用来拉伤员。

梅贝特的营地就在旁边不远的地方，尼亚鲁伊接近中午的时候能到达那儿。他们走得很快，甚至有点愉快，尼亚鲁伊喜欢这样。只有一件事让他有点不安，穿过森林的路还没开始融化，没看见人的影子，只有雪像浅色的铁一样光滑。经验告诉尼亚鲁伊如果站在敌人的立场，他们会诱惑瓦伊诺特人到原始森林，待其中埋伏后一举歼灭。然而他们只有两个人，藏起来也没什么意义。把很多人藏起来不留痕迹是很困难的，几乎不可能。要知道原始森林里的人不仅能看到痕迹，而且能听到蛇的呼吸声，能辨认星星的位置，还能区分风带过来的气味。

鹿带回的战争信号表示梅贝特接受了挑战。尼亚鲁伊不知道梅贝特准备如何打这一仗，森林、雪、风带来的气味和声音，都没有给他确定的答案。

离梅贝特的营地只剩几步了。在河岸的上方出现了炉子冒出的烟。领头人示意军队停下。没有明显危险的预感，但尼亚鲁伊的脑海中突然闪过失踪的侦察员。天生的军事敏感让尼亚鲁伊没有花很多时间就做出决定，尽快发动进攻。

瓦伊诺特人拿着武器准备开战，他们列成稀疏的一条直线向梅贝特的营地靠近。当看见大丘姆时，尼亚鲁伊停下来向空中发射了带有黑羽毛的第一支信号箭。可以清晰地看到飞出的箭划破了灰色的烟。瓦伊诺特人在等待敌人回应的箭的出现，但他们什么也没等到。

“向我投降了！营地里没人，梅贝特带着家人逃跑了！”尼亚鲁伊喊道，用手势命令继续前进。所有武装的军士快步靠近了梅贝特的住处。原来营地真的没人，只有三只鹿，站在稍远的地方，一个挨着一个，咀嚼着撒在它们前面的干青苔。

从大丘姆里冒出了烟，瓦伊诺特人发现了亚恩德涅。她坐在炉子旁做针线活，看样子带着武器的人的出现并没让她感到害怕。另外两个丘姆是空的，炉子都是冷的。

“你丈夫和儿子在哪儿？我们的姑娘在哪儿？”尼亚鲁伊问。

亚恩德涅冷漠地说：“我怎么知道他们在哪儿？应该是和你们打仗去了。”

“他们没来……”

“为什么我要知道这些？”亚恩德涅依然冷漠地重复，“男人们怎么会告诉女人在哪儿打仗，怎样打仗？这是你们男人的事。”

“站起来，和我们走！”尼亚鲁伊靠近亚恩德涅并紧紧地抓住她皮猴的帽子。他变得很凶狠。

“梅贝特就是这样爱你的吗？第一天打仗就把你留给敌人。可能，你对他来说太老了！”

他扯了一下她皮猴的帽子，亚恩德涅跌倒了，她挣扎着站起来走出了丘姆。

这时所有军士都到了营地，他们无秩序地走动，还没明白是怎么回事。有些人开始打量战利品。梅贝特的营地收拾得很好，全是新鹿皮做的装饰，甚至丘姆的底部他都收拾得井井有条，不富裕的人怎么能做到这些？丘姆里也能找到一些有趣的东西：锅，衣服，兽皮，毛皮，还有武器。就连梅贝特的老婆也不是很老，也可以算不错的战利品。

尼亚鲁伊本人没有这些自私的想法。

带头人声音不大，他说："你听着，我不知道梅贝特和他儿子藏哪儿了，也不知道他们把偷来的姑娘藏哪儿了，但我相信你不会不知道他们藏哪儿了。战神是凶狠的神，亚恩德涅，你可不要戏弄我，我非常不喜欢被人戏弄，特别是被女人。"

梅贝特的妻子突然被敌人的话逗笑了。

"别做徒劳的事！"尼亚鲁伊摇着头说，"在我们折磨你之前，你最好还是告诉我们梅贝特、哈德科和哈德涅在哪儿？要知道这些折磨男人都承受不住。我们会打断你的骨头，把你的脸做成面具，还可以做成很多东西，我们中间有很多手巧的人……"

有个军士跑到尼亚鲁伊跟前说："是不是可以收拾战利品了？"

尼亚鲁伊凶狠地冲他吼："你怎么像花鼠一样贪财，像狼一样愚蠢！战争还没开始呢！就开始说战利品了！"

他是对的，战斗的确还没开始呢！然后他大声凶狠地命令士兵们检查营地周围，不要放过任何痕迹，哪怕是树枝落了也要向他汇报。士兵们去执行他的命令了。

"你再想想！"他对亚恩德涅说，"我给你点时间再想想！"

带头人的脑海中再一次出现失踪的侦察员。奇怪的安静，危险的安静……不，战争还没开始。

出去检查周围的人回来了。

“你看，尼亚鲁伊，我在森林里找到了什么。”

一个士兵手里拿着近两人高且笔直的松树树干，树干差不多有成年男人的胳膊那么粗，一端被削得尖锐。

带头人检查了找到的东西，一种强烈的危险感袭上心头。这不仅是根树干，看得出来它被砍下来的时间不长，有可能是昨天，不容置疑，这树干是武器，是令人捉摸不透的梅贝特无意中丢掉的。

“这是干什么用的？”尼亚鲁伊大声问，“这是干什么用的？”他几乎是冲亚恩德涅吼，“你丈夫什么时候砍的？回答我！回答我！”

尼亚鲁伊抽出刀，非常像梅贝特送给哈德科的那把刀，刀锋抵住亚恩德涅的下巴。

“这短木桩是用来打熊的？”

“可能是……”亚恩德涅透过牙齿嘟囔着。

一小股血沿着皮猴的领子流出，顺着嗓子弯弯曲曲地移动。

“放开我，把刀拿开，我都告诉你！”

尼亚鲁伊收起了刀。亚恩德涅捧起一团雪来擦脖子，雪瞬间变成了粉红色。带头人听到的不是她的回答而是刺耳的哨声，这太突然了，尼亚鲁伊跳开了。

无论是他还是其他瓦伊诺特人都没来得及看清，静静地吃青苔的鹿突然淘气地冲向哨声，挣脱了埋在雪里的长长的皮套。同时被削尖的松树干瞬间神奇地从雪地挣脱了，整个丘姆变成了巨大的狗鱼嘴。士兵们异口同声地喊叫，失去理智的鹿四处奔逃，慌不择路，第一批鹿倒在了密密的、尖尖的栅栏上。

战争就这样开始了。

箭如雨点般从四面八方射来，像天上密集的不间断的暴雨，慷慨地射向瓦伊诺特士兵。他们跌倒了，脸、脖子都受伤了，有些士兵成功地突破了栅栏，可衣服留在削尖的栅栏上。战斗中尼亚鲁伊没看到亚恩德涅躲到哪儿去了。带头人瞬间失去了自制力，但很快他就恢复了镇定。他一边吼叫一边抽打着乱窜的士兵，想让他们冷静下来，最后他终于让剩下的一队士兵停下来，让他们站成一圈射箭。但瓦伊诺特人看不到敌人，很多人阵亡了。当这场奇怪的仗打到瓦伊诺特人只剩下五六个时，突然密集射来的箭停止了。

营地里到处都是士兵的尸体，被打死的鹿压塌了栅栏，露出一个豁口，剩下的瓦伊诺特士兵却没有利用这个地方逃跑。这个缺口被亚恩德涅利用了，她从远处的丘姆跑出来，在密集的箭射向营地时，她就藏在那儿。现在她跳过鹿的尸体，向原始森林方向跑。

一支箭追向她，打在她后背上，把她打翻在雪地里。亚恩德涅跌倒的地方只能看得见带着棕色羽毛的细杆。

尼亚鲁伊没来得及看清是谁射的箭，这时听到从上面传来粗糙的弦的声音，长着红褐色胡子的士兵，以前站在他右侧的那个人，歪着脖子倒了下来。

尼亚鲁伊想起来了，这正是那个问他是不是该收拾战利品的那个士兵。

“这是最后一支箭。我的箭囊也空了。”有人回应他。

雪后跳出一个人，头上戴着树枝，不慌不忙地走向营地。尼亚鲁伊知道这是哈德科。

这时梅贝特也从树上下来了。他们显得很高兴，彼此之间距离有点远，大声地自由交谈着：“我都和你说了，会用得上骨头的末端，可你不听。打仗和婚礼都不能吝啬。”

“下次我会比你更慷慨，父亲……”

他们迎面走向剩下的士兵，把箭使劲扔到背后很远的地方，没有任何防护，也不躲藏。和尼亚鲁伊并排站着的士兵举起箭，白色的羽毛慢慢靠近他右侧的脸颊，尼亚鲁伊迅速地碰了他一下，紧绷的弓弦松了下来。尼亚鲁伊自己也不明白他为什么制止士兵向梅贝特射箭。

当梅贝特和哈德科接近栅栏时，剩下的瓦伊诺特人没有改变射箭的姿势，但他们的箭垂头丧气地射向了地面。

梅贝特首先说话了：“你好，叉形箭，好像他们是这样称呼你的！”

尼亚鲁伊没说话。

“现在，我们来了，你们五个，我们两个。还算公平。你们是尊重公平诚实的，你们的老者是对的，我听从了尊敬的人的建议，不要冒险取巧，决定先疏剪你们的军队。虽然地点、时间都不是约定的。但我想，这已经不那么重要。现在我和儿子可以和你们用长把猪刀打架了。”

尼亚鲁伊是个胸怀坦荡的人。

“我很荣幸和你打仗，梅贝特，那我们就一对一。但你没资格说诚实的战争。”

“难道只是我破坏了规则？”梅贝特问。

“你把自己的妻子看作一块腐烂的肉，当成北极狐的诱饵。看看吧！”尼亚鲁伊的手指向栅栏塌陷的地方，“那里躺着你的妻子，她后背有箭。你们的箭虽然没射死她，但现在她可能死了。”

梅贝特的脸顿时失去了血色。他明明看见亚恩德涅从营地逃出，但一点不知道她中箭了。尼亚鲁伊说的北极狐的诱饵是真的，虽然是亚恩德涅自己请求扮演这样的角色。

“母亲！母亲！”哈德科喊起来，他叫着母亲，但没有回应。

“去她那儿，去找她！”

梅贝特声音嘶哑地吩咐儿子。

看得出哈德科很难过。

“剩下你一个人对付我们五个！”

“不用替我担心！”梅贝特回答。

“他们有五个……”

父亲无情的咆哮让哈德科差点躺到地上，“去她那儿！”

哈德科还没来得及动，落叶松上的雪散落下来，树枝中一个小小的身影落到雪堆里奔向白色的田野。她走在雪里，雪都快没到她的腰了，能看见那个身影跌倒了，消失在白雪里，突然又站起向前跑，然后又跌倒了，又爬起……

那是哈德涅。

那天，瓦伊诺特的使者来到时，梅贝特实际上没有开战的想法。梅贝特来到河边，距离营地不远，坐在石头上想事情，这个时候他不允许任何人靠近。突然发生的奇怪的事让梅贝特战栗，差不多就在他脚旁落下一只黑色的鸟，鸟身上有箭，杆上带有刻痕，还有鹰的羽毛，那是梅贝特的箭。梅贝特转过身，看到距离他十几步远的地方哈德涅手里拿着弓站在那里。

“这个对我来说太重了，弓弦也太紧了，我力量不够。”哈德涅恭敬地低垂着眼睛说，“你有没有小一点的箭，适合我的？”

这让梅贝特感到意外，甚至有些震惊，他无法想象有人，还是女人敢动他的武器。

"现在我是你们氏族的成员了！"赶在他提问前哈德涅说。

还是孩子的时候出于好奇她让哥哥教会了她射箭。现在技术派上用场了，她藏在树上，把箭射向了她那些瓦伊诺特族的亲人们。哈德涅不知道她到底杀了多少人，不用怀疑她的箭使很多人变成了孤儿。

现在所有人，梅贝特、哈德科和瓦伊诺特人都看着她逃跑的方向。她停下了，从背后取下箭，丢掉，又走了几步，消失在雪地里，然后又站起来挥舞着手，喊着什么。喊的什么谁也不知道，也没必要知道。哈德涅找到了亚恩德涅，扶她站起来，雪地上出现了两个身影，接着又消失了，又在远处闪现了。梅贝特的妻子可以动，意味着她还活着。

哈德科奔向了母亲和未婚妻。现在就剩下梅贝特一个人对付五个人。然而，在他儿子跑的这段时间，战争也结束了。

尼亚鲁伊第一个明白了，他感觉自己掉进了黏糊糊的、散发着臭味的、无底的深渊，失败的耻辱被他接受了。对背叛自己的氏族、打死族人的小姑娘的仇恨消失得无影无踪。

尼亚鲁伊完全站起来，把长把猪刀的刀柄插入浅紫色的松软的雪里，刀刃靠近脖子，他的腿已经软弱无力。

他是一个好带头人。瓦伊诺特人一直很相信他，而且他指挥战争从未失败过。

空的雪橇，被抓的尼亚鲁伊是很好的战利品，梅贝特和哈德科将尸体堆放在一起方便运送。被吓傻了的鹿莫名其妙地居然没有被冰雹般的箭伤着，它们按原路运送着死尸，每个鹿身上驮两个完好无损的瓦伊诺特人。驾驭鹿用的长杆被遗忘了，留在雪橇的底部，上面盖满了死尸。毫无疑问，鹿自己知道往哪儿跑，它们只想远离这个恐怖的营地。

## - 梅贝特的荣誉 -

战胜瓦伊诺特军队的消息像凶猛的暴雪迅速地在原始森林和冻原地区传播。人们如此震惊，以至很长时间不知道如何解释这件事。

只有一个明显的答案，人们更坚定地认为梅贝特不是这个世界的人，但这个想法让人们无法平静。

人们很痛苦，这次不可思议的战争再一次在他们的世界掀起了波澜。因为梅贝特的存在，神灵的力量被过于夸大了，而且他们的名字被混淆了，牺牲和咒语都变成沉默的空无，习俗成了谎言，规则已毫无用处。

瓦伊诺特人可怕的命运更提高了梅贝特在人们心中的声誉。他明白这一点，但并没感到骄傲和高兴。他认为这是讥笑，年轻时就有的那神圣而轻蔑的微笑在脸上一闪而过。取得权力，成为伟大的领袖之一，对他来说比丢掉手套更容易。要拾起手套梅贝特会弯腰，但他不想为了别的什么而弯腰。他拥有的已经够多了，甚至太多了……

人们所猜测的梅贝特和神灵的血缘关系起初让他感到开心，后来，过了一段时间，他开始认真思考这件事。这只是消遣，梅贝特不知道成功迟早会离他远去。现在当他能回头看并看到很多在他身后发生的事时，一个想法在他脑海里变得越来越清晰。他幸福不是因为他更有力量、更成功，他幸福是因为他几乎不记得痛苦。梅贝特的记忆里留下过瞬间的仇恨、短暂的报仇的想法、短时间的愤怒，但任何时候痛苦都没停留很久，他更没有让这些痛苦留下明显的痕迹。

他看到人们之间互相折磨，人们自己制造新的痛苦，而当他们制造的巨大的东西轰然倒塌时，他们哭泣、抱怨或谴责神灵。所以，梅贝特讥笑他们，他认为神比死人更需要同情。

距离人们越远，梅贝特内心的痛苦就越少。痛苦变成苍白的、几乎不存在的幻影。梅贝特知道自己想和谁在一起。但人们拒绝他的善良，他不知道另外一种善良。他感到郁闷的是亲人接受他的善良不是以开放的心态，而是出于对老者或对有力量的人的服从。

当然，人不仅制造痛苦，还要经受疾病、饥饿和寒冷的折磨，除此之外还要经受死亡的折磨。死亡不是人想出来的，但生的权利只留给有力量的人。关于死亡的思考是白白浪费时间和精力。因为人活着就没有死亡，死亡来了，人也没有了，有什么可思考的？说真话，梅贝特不相信死亡。他看到自己的头发变白了，但力量没有丧失，反而增长了。神灵在他年轻时没有拒绝他，难道会在他年老时拒绝他吗？

人通常在老年的时候才获得智慧，得到别人的颂扬。那个老者，很久以前，三十年前，叫他傻瓜，并对他说："迟早你的心会碎。"然而他却不能动弹。梅贝特偶尔想起老者，总会笑着说："人是伟大的智者。"

梅贝特认为是自己的智慧战胜了瓦伊诺特人。智慧建议他把丘姆变成狗鱼嘴，用削尖的松树做栅栏，把三只鹿藏到雪里，一听到亚恩德涅的哨声就飞奔过去…… 也是智慧使他用诱饵引诱敌人上当。

亚恩德涅无疑会死，梅贝特清楚这一点，但他希望能有救她的可能。他甚至都没给她铠甲，因为尼亚鲁伊是一个能力强大且经验丰富的指挥官，他立刻会注意到这些。本应该让哈德科来当诱饵，是他的一句话挑起了战争，但他是个好射手，需要藏到树上向敌人放箭，而亚恩德涅从未拿过箭，并且是她自己要去做诱饵，真是个奇怪的女人……

难道没有人指责梅贝特残忍？现在还讨论残忍、善心、法则？事实是瓦伊诺特人被打败了，而且牺牲惨重，但梅贝特的妻子亚恩德涅还活着。

射中亚恩德涅时，箭的冲击力已尽，只击穿了手工做的双层皮猴，箭头插入了肩胛骨，所以她捡了条命。亚恩德涅由于失血过多，浑身无力，勉强能走，哈德科把她抱到丘姆里。

梅贝特取出了她身上的箭 ，他命令哈德涅点燃炉子，哈德涅熟练地按他吩咐的做。哈德科却站在那儿不知所措，看起来非常痛苦。

“你们都出去！”梅贝特说，“我要给她脱衣服。”

站在丘姆外，哈德科和他的未婚妻恐惧地等待母亲的喊叫，但没有喊叫，亚恩德涅始终不出声。

梅贝特弄折了箭杆，以免脱皮猴时碰到进入妻子身体的箭头。她痛苦地呻吟，声音极其微弱，几乎是哼哼。梅贝特快速地拔出箭头，亚恩德涅的身体无声地震颤了一下，血有气无力地从伤口流出，看得出亚恩德涅失血过多。

梅贝特仔细地检查了三角形的黑色箭头，然后在火上烤了一会儿，拿出刀，从上面刮下一些铁屑，小心地捧起妻子的头，把刀靠近她的嘴唇。宽而明亮的刀刃上热油在冒着泡。

“把它吃了，”梅贝特说，“这是你伤口上的，我听说这个能帮助疗伤！”

亚恩德涅没睁眼睛，只用嘴唇碰了一下刀刃就失去了知觉。她昏迷了很久，哈德涅一直守在她身旁……

尊贵的富家千金哈德涅背叛的事使人们激动。这种激动不亚于听到梅贝特战胜瓦伊诺特人。原始森林掌握射箭技术的女人并不少。然而哈德涅射了自己人，打死了去解救她的同族人。这样的背叛前所未闻，而且不可思议。

有人说是因为对梅贝特的恐惧，有人说是因为爱上了梅贝特的儿子，有的认为是因为对父母和同族人的怨恨，或被婆婆的巫术迷惑,或是因为女人本能的需求。这些成分其实都有一点。不可避免要嫁人的事实使她突然爱上了哈德科。

其实最主要的原因比这些理由简单多了，她怀孕了。哈德涅带着肚子里那非常小、几乎看不出来的小生命，向藏在落叶松树枝里的人射了一箭。使梅贝特惊奇的是她做这件事就像做一件很平常的事，对打死同族人哈德涅没有任何抱怨。哈德涅照料婆婆尽心尽力，同时负责起家务。

亚恩德涅第一个知道她怀孕的事，是哈德涅亲口告诉她的。然后梅贝特将这个消息转告给了儿子哈德科。

这时，梅贝特始终无法解开的谜团有了答案。为什么昏厥的姑娘，突然活了过来，开始交谈，开始融入另外一个家庭并亲自参加战争。为什么当她看见老者、瓦伊诺特的使者时会流泪，这是绝望的眼泪。哈德涅做了超过常规的事，无法再回到过去的生活了。那时只有她自己知道这件事，她准备好迎接命运安排的背叛和自相残杀。是她自己让梅贝特相信她有能力射箭。

可能自尊心折磨着她，但肚子比良心更有说服力。生活在别人的营地，肚子无情地告诉哈德涅，她已经不是瓦伊诺特族人，没有法则能证明不是她行为不端，事情已经无可挽回。哈德涅得像母狼保护狼穴一样时刻准备揪住任何靠近狼穴的动物的咽喉，哪怕这个动物是她兄弟。尽管哈德涅的“狼穴”还没公布，但她在此享有女人的一切权利，而且得到了人们很高的评价。

哈德科是什么时候，又是怎样征服了哈德涅，把她变成了自己的妻子，梅贝特和亚恩德涅只能猜测，虽然不合法，没有仪式。他们问过儿子，儿子平静地说早晚都会这样。

生孩子的事使梅贝特的妻子恢复了活力，但哈德科却变得沉默和忧郁。他经常不在家。通常说去打猎，确实也带回了猎物。但有时只带回一对榛鸡，很明显是顺路打的。最近几天他总是空着手回家，他躲避和哈德涅及父母见面。显然哈德科有些心虚。

“为什么你那么忧郁？”母亲问。

“没有猎物……”

“你有漂亮的妻子，她怀孕了，你不高兴？”

“高兴。”哈德科冷漠地回答。为了躲避交谈，他去做事，希望离营地远一点。

哈德科暴力地占有了哈德涅，就在她出现在营地的第二天。梅贝特安排姑娘住在小丘姆里，然后自己去原始森林了。母亲去森林里砍柴了。哈德科隐藏在雪橇后，迅速地靠近了丘姆，掀开帘子跨过门槛。哈德涅坐在炉子旁边的兽皮上，低着头，手紧紧地攥成小拳头。他几乎看不到她的脸，因为被浓密的披肩长发挡住了。某个瞬间哈德科注意到了未婚妻的美貌，想占有她的欲望让他的心颤抖。他猛地扑向哈德涅，捂住她的嘴。从树林里传来斧头的敲击声，哈德科没去想母亲是否可能回来……

他等待哈德涅喊叫、挣扎或者咬他的手，但手掌下他只感觉到紧绷的嘴唇……哈德涅没出声也没动，手掌下的嘴唇变得柔软了，哈德科开始撕扯哈德涅的皮猴。

在哈德科做坏事时母亲的斧头一直在响。

完事后哈德科继续去修理雪橇，而哈德涅拉紧了衣服，翻过身趴着，把脸埋在一直没松开的拳头里。

哈德科什么都没想，但想要报仇的想法刺痛了他的心。对父亲的怨恨、皮亚科姑娘对他的唾弃，都让他的痛苦无法冷却，这也是他强奸哈德涅的原因。但哈德科对自己做的事一点也不感到后悔。

那天，父亲开玛哈科的玩笑，向儿子展示活的礼物时，哈德科已经决定用这个礼物来复仇。或许是上帝慈悲让这一切发生了。奇怪的幻象使哈德科的头都快炸开了：燃烧的皮亚科人的大丘姆裸露着框架，分散在营地的炉灶绝望地在雪里发出嘘嘘声，狗身上带着箭，哀号着、晃动着枯萎的爪子，发疯的鹿向树林四散奔逃；老皮亚科人像蠕虫似的佝偻着，他后背竖着长把猪刀，透过骨头和肉……老皮亚科人的女儿，后来哈德科知道她的名字叫米亚杜娜·罗日捷娜亚·夫·格斯金娜赫，她扭动着身体，从他身旁爬过。哈德科看到她眼里的恐惧时感到很愉快，预感到公平的事即将发生，她曾侮辱他并拒绝了他，现在她要被执行死刑。哈德科扼死疯狂的爱情和怀疑，让自己振作起来……哈德科朝米亚杜娜脸上唾了一口（他不停地提醒自己，一定唾她一口），像她那样轻松响亮地笑，并在她头上举起铁器……

可能，幻象变成了现实，但结果是和瓦伊诺特人的战争，然后哈德涅不再去妇女们每个月来月经时去的丘姆，这让婆婆第一个产生了怀疑。

然而复仇带来的是更可怕的灾难。罪恶感压迫着哈德科，并深深地折磨着他，使他无精打采、易怒，迫使他无声地远离人们，拒绝谈话和做事。最糟糕的是哈德涅没流露出任何抱怨、恼恨，甚至连眼泪也没有。她无意中碰到丈夫，也不躲闪，但也不走近。哈德科被痛苦折磨着，惴惴不安。他多么希望她能先对他说点什么，什么都行，哪怕是最简单的，甚至是不必要的，请求他拿些水或者让大吵大嚷的狗安静下来。他故意在营地找事做，并且做了不必要的事，如检查雪橇打的死结，还做了妇女常干的活，如拾干树枝、劈柴等。最后他期待哈德涅能喊他吃饭，哪怕她的语气很不礼貌，哪怕是一句话……但喊他吃饭的是母亲，并唠叨说他总让人等。

他们已经一起睡了，哈德涅没表现出害怕，也没有防备，她只是掀起被子铺平然后平静地睡了……哈德科无法安然入睡，黎明时他起床了。他的手很有力，有能力战斗，有能力狩猎。但现在他为自己的手感到羞愧，为自己感到惭愧……

他再也没有触摸过哈德涅，甚至连她的衣服都没碰过。

绝望唤醒了他的舌头，所以他向瓦伊诺特的使者说，他不会将未婚妻给他们并命令他们离开。哈德科希望战争中的勇敢洗涮他的罪过。然而战争和胜利没有改变什么。哈德涅的绝望超过哈德科的想象。他明白这一点时感觉心要死了，如果时间可以倒流，他宁愿去死。

战争结束后一个月哈德科消失了，和他一起消失的还有鹿、雪橇和沃伊贝利。梅贝特那天去打猎还没回来。

“你丈夫去哪儿了？”亚恩德涅问哈德涅。

“他没对我说。”

“还带了雪橇，”母亲自言自语，“为什么他需要雪橇呢？”

哈德涅深呼吸一下并放松地伸个懒腰。

“可能他想抓更多的小鸟……”

哈德涅的话让亚恩德涅很不高兴，但她没说什么。上午，太阳高高升起，梅贝特回来了，也问起儿子去哪儿了。妻子的回答平静得如他希望听到的那样。他很疲惫，狗和鹿也都累了。雪橇上，散发着血腥味的兽皮下密密实实地堆着被砍成块的鹿肉。尽管很累了，梅贝特还是将大块鹿肉搬到距离营地不远的仓房。梅贝特把最后一块又搬了回来，“把这块做了吧！”他对妇女们说，“仓房里没地方了。”这个冬天梅贝特一家从没为食物发愁，没感觉缺少什么。

然而为什么哈德科消失了呢？原来他是为了功勋而出走的。功勋能拯救他的心、他的生命，让他不再痛苦。带着这样的激情他用长杆压着鹿的背，驱赶着把它们套在一起，他不知道要去哪儿。鹿站住了，因为它们不想被累死，这时哈德科的脑海里出现了很多想法。

都是些悲伤的想法。哈德科不是很了解女人的心思，不仅仅因为他年轻，还因为原始森林的人觉得去猜女人的心思还不如去打活扣更有意思。但他知道一个常识——礼物能打动女人的心。哈德科需要礼物，神奇的礼物。他必须搞到一个奇迹般的、从来没有的、空前的、能让哈德涅的心融化的礼物，就像积雪在热锅里融化那样让罪过从记忆里消失。

实际上哈德科不是在思考而是在幻想。当他意识到幻想需要变成想法时，他感到失落，好像痛苦又回来了。因为他不完全知道这个奇迹应该是什么样的。哈德涅并不迷恋山里的野禽。他想可以拿一些毛皮去别的营地换绣花的衣服和黄金饰品。但春天的毛皮不是很漂亮也不值钱。如果紫貂和狐狸成群地进入圈套，他还是得不到漂亮完整的毛皮，那就换不到精致的东西。而且也不是所有营地都有漂亮的东西和绣花衣服。即便是富有的营地，也可能不得不需要拼命，或者更糟，需要偷盗才能弄到想要的东西。哈德科不想这样做，礼物应该是纯洁的。

四个不幸的生命——哈德科、两只鹿和一条狗站在原始森林中间。太阳高高地升起了，以至于他以为冬天要结束了。空气是透明的，没有风，周围非常安静，只有几个动物在地上留下的痕迹。周围什么都没有，只有原始森林，哈德科决定屈从原始森林的力量，否则他什么也剩不下。但他没有为自己的冒失行为感到后悔……

他卸下雪橇把它建造成一个暂时的宿营地，做这件事浪费了一些时间。哈德科和沃伊贝利开始去打猎，只是为了明天能有吃的，今天晚上还有储备，虽然只有一点。到日落的时候哈德科打了两只雌的黑鸡，一只留给沃伊贝利，另一只留给自己，他把它们藏到了雪橇里。



第二天早上开始了工作，哈德科放置了很多活套，寻找动物留下的脚印，跟踪野兽，返回营地，然后下一个日出时又重复这些事……这样持续了一天又一天。有三次哈德科意外发现了犄角多叉鹿的痕迹，但没去追，那个痕迹已经是很久以前的了。他也没打到想要的驼鹿。

每次日落他的心都很忧郁。原始森林要充分展示自己的权力，似乎在戏弄他，为了不让人饿死总是抛一小块食物。有一次一只毛发稀疏、长相难看的狐狸落入了活套，之后不久沃伊贝利逮了一只活兔子。原始森林送来了小鸟，每天晚上哈德科把鸟穿在木棍上放在火上烤……

哈德科更换了几次营地。融化的雪在地表结了一层薄薄的冰，鹿啃掉了行军丘姆周围木头上的树皮。沃伊贝利天蓝色的大眼睛里的快乐和激情越来越少了。

有时哈德科凝视着那把父亲送给他的弯刀，回想起那次为了准备彩礼进行的大狩猎，他想成功是变化无常的。他认为，任何一个战利品里不仅有力量和习惯，还包含着能控制生命的那些人的仁慈。他父亲只相信自己，他不需要其他的信仰。但像他父亲这样的人不会再有。同样地，他，梅贝特的儿子掉进了更深的陷阱，现在白天其他人都比他更容易度过。

父亲不在他旁边，哈德科有个强烈的愿望——那是猎人们一定会做的事，每当有什么重要的事情时，猎人就带来死尸，说了些什么，然后开始去打猎。但哈德科不知道那些咒语，不知道怎样把死尸带来。父亲从来没教过他，而梅贝特自己看见这些事已经是很久以前的事了，几乎都忘记了。有时他认为最近虚弱的感觉就是来自这个事。每个晚上他看着星星，看着满天的大白点想起母亲给他讲的故事，很久以前住在原始森林的所有部落和种族都追赶野兽，追赶到天边，让它们无路可逃，所有人都这样追赶，永远都是这样…… 那时的野兽是非常神奇的，中世纪已经没有这样的野兽了。

哈德科看星星看到脖子隐隐作痛，他试着区分人和野兽，没注意自己的嘴唇动了，嘀咕了什么“哎，你，天上的神，派些野兽，派些野兽，做个善良的人吧！我非常需要野兽，你，天上的人，帮帮我吧！给我野兽吧！我将非常感激你，我会甘心每个晚上仰望天空，善良地对我吧，天上的人，送个野兽给我的哈德涅，要不我就会因痛苦而死去，天上的人，听我说，善良的人，派野兽给我吧！”

他看着，嘟囔着，白色的点、所有明亮的星星在他周围闪耀，然后消失。

早晨哈德科要到距离营地不远的地方去。沃伊贝利远远地走在他前面，中午的时候回来了，它用尽全力奔跑，眼睛里闪耀着光芒。哈德科明白，狗嗅到了黑暗的雪堆里，那小得几乎看不见的洞口里散出的温热……

哈德科奔向沃伊贝利。他从来没打过熊，何况还是一个人。

哈德科激动异常，他景仰天上的神灵，像一个可怜到极点的人恳求另外一个人很少的东西，为了活命一样，那个人没有拒绝……上帝听到了哈德科的祷告，第二天早上就赐给他获得成功的机会。经过漫长的折磨和对耐心的考验，在森林嘲笑哈德科的痛苦之后，沃伊贝利能发现熊窝简直是个奇迹……

哈德科一个人抓到熊，哪怕它是消瘦至极的春天的熊，那也是不寻常的财富，是功绩。哈德科弄到野兽、野兽的皮和爪子，把野兽的头盛在大白铁盘子里呈现给哈德涅，那他的痛苦就消失了，她会原谅他的过错。哈德科将成为英雄，英雄是不应该有过错的，要么哈德科打败野兽，要么野兽把哈德科打败。

在滑雪板歌声的伴奏下他思考着。

沃伊贝利是条既凶猛又极聪明的狗，它是带路人，它向主人报告熊窝就在附近。这是一个小丘，勉强能看到从里面飞出两个碎片。

像父亲教给他的那样，哈德科砍倒一棵细高的年轻的松树，先把树枝去掉然后削尖。他要用这个砍野兽，等到它从熊窝里出来扑向他时再用长把猪刀刺。

他的太阳穴直跳，但他没有恐惧。沃伊贝利仔细地嗅嗅雪堆的四周，好像期望再一次确认野兽还在里面，它在睡觉，没想过有人在等它。

狗开始变得很紧张，和老主人多次类似的狩猎记忆使它恢复到备战状态。它耐心地等待着哈德科做准备工作，自己也准备着。

终于，哈德科带着长把猪刀和松树长枪来了。在熊窝的出口处，他清理出一块不大的场地，踩平了雪，把刀放在旁边，准备在熊挣脱了之后给他来个致命的拥抱时他能在瞬间就抓到。与被惊醒的熊对打只能一下子解决。如果那一下不自信或动作稍微慢一点，其他动作就都不可能完成……

哈德科短暂地、贪婪地吸了一口气，然后长长地呼气。沃伊贝利站在他身旁，看上去好像完全不呼吸。

哈德科拿着长枪几次把它送到雪堆里，然后走近，长枪似乎抵住了什么硬的东西。哈德科觉得这不是野兽的身体。他看见了被捣毁的熊窝，这可不是丘姆，什么都在显眼的地方。首先要摸黑艰难地靠近野兽，猎熊的矛不止一次埋进石头、土、树根……哈德科发狂地用长枪乱插，但他的手感觉不到碰到软东西。这时他的脑海里出现了一个想法，难道狗弄错了，把勉强看见的白的碎片当成沉睡动物的呼吸了？但这个想法很快就消失了，沃伊贝利怎么会被欺骗。

终于手好像碰到了什么别的——不是木头，不是石头，不是冻硬的土……为了能插进去，哈德科估量一下，然后往后退了几步，做了几个有弹力的助跑后把长枪插了进去，然后静静地细听熊窝的动静，可熊窝里没有一点声音。

他离开一下，准备再一次进攻，突然发现沃伊贝利消失了。转瞬间哈德科还没来得及惊讶，他的狗突然叫起来，那是碰到敌人时发出警告的叫声。

沃伊贝利吠叫，是因为从里面飞出了声音。哈德科有点不习惯，在原始森林的深处能听到人类的声音。他没弄明白所听到的话，但这确实是人类的语言，还明白了一点，不是一个人在说话。沃伊贝利再次叫起来，哈德科还没听到短暂的、粗糙的弦声，箭就带着声响插入距离他不远的树里。

熊窝里一片寂静……转过身，哈德科看到，在高处出现了一个人，接着又出现一个，后面还有三个。这些人有武器，两个人拿着长枪，和他的一样。这些人是为了猎杀熊而来的。

他们站的位置离哈德科只有射程距离的一半，他们的声音在这空旷的安静的地方听得很清楚。但他们决定走近一些，大概想看清楚是谁超过了他们。他们的弓并没让沃伊贝利不出声，沃伊贝利叫得越来越厉害，但狗没有扑向外来人，它感觉到了战争的气氛，它在等主人的吩咐。

一个人往前移动了一下，哈德科听他说：“这是我们的牧场。报上你的名字，以便我们知道你是谁！”

哈德科沉默了，他能很好地区分人的长相，看脸就可以区分他们的种族。他明白自己违反了规则。

“为什么你不说话？”那个人问道，“我们是伊弗希人……”

这是森林里的一个种族，在哈德科出生前很久，他们曾受到过他父亲的羞辱。他们说话和哈德科有些不同，他们分不清平舌和翘舌音，这也被认为是他们的特征。这次见面和很久前的那次相遇完全一样，也是伊弗希人，五个，只是鹿换成了熊，梅贝特换成了他的儿子哈德科。

“你可以保持沉默，”那个人继续说，“你没回答，很明显你是个卑鄙的人，是个小偷。我们可以在原地打死你和你的狗，别动！”

哈德科准备去打野兽的勇气现在应该转向面向这些人。他很清楚自己的状况，第一支箭，只是为了让哈德科放弃正在进行的犯罪行为——在别人的牧场狩猎。那个人没说谎，他们是可以把他打死在原地的……

“我是哈德科，韦尔人梅贝特的儿子。”

没有得到立刻的回答，正如哈德科预料的那样，有无限力量的父亲的声誉传播到各地。对于伊弗希人，这个荣誉代表很久以前的耻辱。

“梅贝特的儿子？”那个人惊奇地几乎是高兴地叫起来，“我们多走运！你做的事和你父亲很像，但你的脸却不十分像。等等，我们不能现在就打死你，我们想更近地看看你。”

五个人把弓放到后背，开始从高处下来。从他们走第一步开始，沃伊贝利就不叫了，撒开四蹄奔向主人，它知道在最危险的时候它应该站在哪儿，它站在离哈德科几步远的地方。伊弗希人靠近了，他们表现得很平静，好像人和狗的性命都在他们掌握之中。最糟糕的是哈德科把弓箭留在了雪橇上，他有意没带，因为在和熊对打时，只能有一个动作，而这个动作不能受任何东西干扰。而且他把鹿套在一起紧紧地绑到距离狩猎几百步的地方。

沃伊贝利已经不叫了，只是从身体里发出低沉的吼声。伊弗希人靠近了。哈德科看到了他们脸上的笑，他开始后退。

“你准备逃跑？不想和我们说话吗？”那个人微笑着说，他的同伴都笑了。

哈德科并没有被他们的嘲笑激怒。他需要一张弓，否则他和沃伊贝利会被就地打死。他已经不再想狩猎的事。他抛下长枪，拿起了长把猪刀，他看到这些伊弗希人脸上的微笑消失了，有两个人从后背拿下了弓，但他们不想失去尊严，因此动作没有那么迅速。

他们犯了致命的错误……沃伊贝利像下落的石头般扑向走在前面的那个伊弗希人，撞倒了他，一下子就撕破了他的脸，那张脸刚才还在微笑，还在嘲笑哈德科。

紧跟着哈德科扑向另一个伊弗希人，用长把猪刀打他的头，尽管这一击不是很成功，但把那个人震得发聋，跌倒了。

另外三个人，只有弓和长枪，跳到一边准备射箭。刚搭上弦，沃伊贝利就扑向了他们，后面紧跟着他的主人。脸被撕破的那个人由于疼痛大声号叫，哈德科被箭钩住了，他试图打掉他们手里的武器并把刀刺向他们。

但这毕竟是不公平的战争。沃伊贝利中了一箭，它流着血战斗着，哈德科没注意到趴在地下的敌人将刀刃抵在狗的咽喉上……

哈德科什么也没看见。那个人在狗背上大声凶狠地喊："打死你，该死的狗！""现在…… 弦断了，你这个败类……""拿着刀，用刀杀死它……"没有听到回答。附近，只有嘶哑的叫声，沃伊贝利依然威严地狂叫……

"用我的猪刀杀死它！"从上面再次传来声音，"或者你害怕了？"

"闭嘴……"

听到"咯吱咯吱"的脚步声。沃伊贝利响亮的叫声救了它的命。

"弦断了，该死的东西……"

那个在哈德科背上的人笑了。被撕破了脸的人这会儿已经不喊了，他在"嗷嗷"叫，声音不大但很恐怖。另外三个人做了什么哈德科不知道。他惊讶的是临近的死亡没有使他惊慌，他等待着把他们掀翻在地。



咆哮，刚开始是低沉的，仿佛从地底下发出的，接着变得越来越响亮。“熊窝在这儿！”有人喊叫起来。

这时伊弗希人看到，在熟睡的野兽旁边他们进行了搏斗。但这对他们来说已经失去了意义，咆哮声在增大，接近了地面……突然刀消失了，哈德科感觉到后背轻松了。他翻过身来看见雪堆复活了，大团厚实的雪在动，那层薄薄的冰已经碎了。

毛茸茸的、巨大的野兽从窝里窜出来，在雪地钻洞，抬起后爪，巨大的吼声使森林都跟着晃动。

那个失去脸的人最后一次帮助了自己的同族人，熊扑向他，当熊用爪子撕扯柔软的身体，发泄自己的愤怒时，四个伊弗希人顺着他们来的路逃跑了。

哈德科也逃跑了，还没明白怎么回事，腿已经抬起，他从山坡低处窜了上来。他一直跑到雪橇那儿才停下来。熊的咆哮传遍了原始森林，听到咆哮声鹿咬断了绑它们的绳子。哈德科用两只手紧紧地长时间地抓住鹿的角，主人手的力量没有减少鹿的恐惧。不久沃伊贝利出现了，后背上插着一支黑羽毛箭。这时哈德科想起了刚才把父亲送他的那把刀刃宽宽、白铁铸造的长把猪刀留在了激战的地方。

空空的双手提醒他想起珍爱的武器……哈德科趴在雪里，熊的咆哮声传到他耳朵里，仿佛野兽因赶跑了人高兴得唱起了胜利的赞歌。

再过一个月熊大概自己就会醒来，否则长时间在山坡睡觉它可能消瘦而死，饥饿折磨着它，要等到森林复苏，给它一小束幼草，或送来和它一样虚弱的猎物，它才能重新焕发活力……可命运使野兽的境况好转起来，来猎杀它的人可以使它不再受饥饿的折磨，留下的肉，救了它的命……

哈德科的想法和熊的想法一样清晰。

原始森林里的咆哮声变得越来越响亮，声音使野兽兴奋起来，睡意被驱走了，它再也睡不着了，它复活了并将活下去。它不会像它的同类那样，因秋天找不到食物和窝，或者因来临的严寒而死亡。春天来了能看到它同类的尸体。

等着回去拿长把猪刀是没有意义的。回到营地（如果能成功返回）后很可能会遭到父亲的讥讽和侮辱，但这个预感没有使哈德科惊慌，他为自己的镇静感到惊讶。哈德科那时还年轻并不知道，他的心正积攒着力量去面对未来的痛苦……

沃伊贝利趴在雪上，它已经站不住了。哈德科不担心会被它咬，他走近它，猛地用力一拉拽出了它后背上的箭。狗没叫，只艰难地吸了口气。他们俩——哈德科和沃伊贝利一块儿跌倒在雪橇里，开始往下滑。

晚上，在看天上的白斑点时，哈德科还不知道自己已经学会了祷告。

第二天晚上他学会了咒骂。哈德科责骂原始森林里所有的种族和部落，责骂他们把野兽追赶得不见踪影，责骂他们嘲笑他，嘲笑他的不幸。他的责骂是如此狂怒。上帝沉默了，他骂得越厉害，他头上无底的黑暗就越明显，星星就越亮，白色斑点清晰地显现出人手、人脚，武器的轮廓，还有巨大的、模糊的野兽的轮廓……

哈德科向天空发泄他的愤怒，天空也复活了。

他也复活了，他和伊弗希人的故事还没有结束，原始森林送给了他奇迹……

返回的路上哈德科决定再检验一下前几次做的活套，尽管他没指望能逮到好的猎物，不愿意继续这次可耻的狩猎。他只是想吃东西，希望捕捉器能抓到鸟、兔子或者其他不大的野兽，只有非常笨的野兽才会中人设的活套。

哈德科在活套里既没找到鸟也没找到兔子。只有一个活套，他匆忙地、绝望地设置的一个活套，抓到了一只貂，仅仅只有一只貂。

那只貂是纯白色的，这样白色的貂好几代人都没见过了，人们说这样的貂预示着奇迹。

死去的貂好像是睡着了。活套周围，野兽身上都没留下搏斗的痕迹……

瓦伊诺特族，哈德涅的家族，有这样的传统，在自己的皮猴外面缝上北极狐的皮，因此他们被称为“鸽雁”。根据毛皮的颜色和稠密度来判断家庭的地位和猎人的成功与否。冬天皮毛发亮，身体肥胖的北极狐被公认为上品。

哈德涅的肩上将带着白貂皮而不是北极狐皮。其他人没有，以后也不可能有这样的皮。

梅贝特不知道儿子这个奇迹般的猎物。很多天之后儿子打猎回来时，在他看来这次狩猎是失败的，因为哈德科脸上带着伤，雪橇空空如也，狗也只剩半条命。

“长把猪刀呢？”

“留在森林里了。”哈德科立刻回答，任何辩解的话他都没说。

“狼崽子……”

梅贝特看到了儿子的痛苦，也因这些痛苦而看不起他。

“怎么，媳妇对你冷冰冰的？”

哈德科没出声。

“狼崽子……”梅贝特重复着然后出去了。

皮猴下面揣着的貂温暖了他的胸膛，那里藏着他的猎物，唯一能救他的机会。他明白，现在他需要做一件事，这一步决定了一切，寄希望于它，就像和熊对打的那下子。最好是在没人看见的时候把它献给哈德涅，然后当她肩上带着貂皮出现在人面前时，那时他父亲和母亲看见，就知道他是个什么样的人。

哈德涅就在旁边做妇女的活。有几次为了拿柴，她从丘姆出去，还和亚恩德涅说了什么……

哈德科出去几天后回到家，母亲唠叨他不告诉任何人就消失时，妻子向他鞠躬，哈德科很清楚，她鞠躬只是为了不让他看到她眼里的冷漠。

哈德涅从丘姆里出来了，拿着桦树皮做的装水的大圆盒，她准备去河边，但她怎么走到丘姆后面去了？她为什么故意拖延时间？哈德科的突然出现，使她动作迟缓，因为她在期待他能表示点什么，而她需要积聚力量，使自己动起来，做到这一点……

她已经来到河边，哈德科用尽力量让脚听从指挥，因为脚好像长在了地里动弹不得。他跟着妻子走了。当河边白色的低地挡住了哈德涅的身影时，他们之间相距几十步。转眼间她从哈德科视线里消失了，他突然产生了怀疑，那种感觉像别人家的狗扑向他并开始撕咬。

可能神灵将白貂送入他的陷阱只是为了让他遭受新的嘲笑，和他开又一个玩笑？如果哈德涅绝望到向自己的族人射箭，那么她完全可能鄙视地拒绝他的礼物。更糟糕的是她接受他的礼物，这将招致亲人的惊奇和别人的忌妒，而她依然保留对他——哈德科的冷静、平静、讨厌和不原谅。虽然礼物非常漂亮，她可以把奇迹变成平凡的东西，她有权这样做。

哈德科感到恐惧，他停下来，好像进入沼泽的人站着不动，停止动作，感受在苔藓里下沉一样……但哈德科有足够的力量奋力一冲，他站起来扯断那些折磨人的想法跑向河边……

她在离河岸不远的地方。冻硬的冰块堵住了打水的冰窟窿，她用短的带铁头的羽形矛砸。

哈德科跑向妻子，在离她几步远的地方停了下来，因为奔跑和激动他的呼吸变得很沉重。哈德涅做着自己的事，甚至都没转身。

“哈德涅。”他叫道。

她没回答。

“哈德涅！”他用尽全力喊。

由于喊叫森林里什么东西震颤了一下，四只黑色的鸟从树上飞起来。

哈德涅转过身来。哈德科走到离她很近的地方，用温暖的、颤抖的手解开皮猴的领子，拿出貂。

“把手给我…… 把手给我！”

哈德涅伸出自己发红的小手，哈德科把貂放到上面。

“这个……给你。这是我为你弄的……”

哈德科不知道该说什么，所有的话都像风一样轻轻飘过。

圣洁的毛在哈德涅的手里闪烁，她看着他，不出声。

“原谅我！”哈德科说。

黑色的帐子般的秀发迅速地掠过脸颊——哈德科第一次这么近地看到了她的脸，但还没来得及看清楚这张脸说了什么。

哈德涅猛地转过身……白貂从她手上飞向了天空，落在河道中央，一只黑色的鸟，一直盘旋在河上面，忽然在雪上滑了一下，用爪子带走了耀眼的奇迹，躲藏了起来。

哈德涅抓着羽形矛，冰一样的铁触到了哈德科的嗓子。

现在他清楚地看到她的脸，如此清晰——她双唇颤抖，眼泪顺着颧骨留下，黑色闪亮的眼睛变得很大，因为她心潮澎湃，内心太多的折磨被打破了，骄傲被打碎了。她的心被撕碎了，由于愤恨、委屈，还有隐隐约约对自己的怜悯。

用铁器戳到丈夫的嗓子后，哈德涅呆呆地站着，在这一瞬间她的生活已经离她而去，像枯萎的皮肤脱落了身体。

沉重的叹息带走了时间。

“你是有力量的，比你父亲更强大。”她轻轻地说。

她的手变得虚弱无力，羽形矛滑落到雪里。哈德科什么也没说，他不理解她的话是什么意思——他不可能不明白，不可能看不到，他们两个给盖满冰的岸边高地带来的力量……

这样，瓦伊诺特族的哈德涅成了哈德科合法的妻子。

## - 塞弗塞勒出生 -

原始森林的春天来了。融化的冰断裂了，轰隆隆地落到河里，冰峰融化变成了河水，融入河里。雪也变得沉重，黄色的水流冲洗了山坡，大地喧哗起来，由于雪的融化涨水了……

哈德涅的肚子也越来越重，她整个人变得无精打采，缺少了灵活性，也不再那么骄傲了。哈德涅尽量不出现在人前，她经常坐在丘姆里，对着针线活流眼泪。男人们在家的时候更少了，需要更多时间照料畜群，而且不久就要进行大狩猎和捕鱼了，为过冬做准备。

在原始森林人们不习惯过多关心孕妇，但善良的亚恩德涅心疼哈德涅，不让她干重活，自己把两个人的活都做了。从新娘的眼泪里她看到了第一次生孩子的恐惧。但亚恩德涅只猜对了一半，在丈夫远行没回营地的某一天她知道了全部真相，亚恩德涅开始担心。哈德涅想起了自己出生时的事，她哭泣着嘀咕“爸爸和妈妈”，好像已经不记得发生过战争……

亚恩德涅安慰新娘，但安慰也没用，孕妇完全不接受她的建议。哈德涅像个病人一样反复重复着她的担忧……婆婆很聪明，她没有将孕妇胡闹的事告诉男人们，尤其是梅贝特。但向哈德科隐瞒真相是不可能的，因为只要他在家，他就陪伴在孕妇身边。哈德科陷入了沉思，他和母亲一样希望这一切都会过去，但最后他明白了，像哈德涅这样的女人，她的想法、古怪的念头或激情是不会就这样消失的。



早晨，加固雪橇上的行李时，哈德科对梅贝特说：“哈德涅害怕孩子出生时，她还没得到父母的原谅和祝福。爸爸，我们需要和瓦伊诺特人和解。”

梅贝特正用皮条加固行军丘姆，听到这话，他手里拽着皮条愣住了。一般没有什么事会让他惊奇，但这次他很惊讶。他怀疑自己听错了，于是让儿子再重复一遍。哈德科重复了后半句话：“我们需要和瓦伊诺特人和解。”

梅贝特拉紧的皮条又变松了。他盯着雪橇，站了一会儿，他在仔细分析，但没找到答案。

“我允许你做了很多事，很少限制你什么，让你知道什么是自由。”他说，“但现在听我说，我害怕你不按我说的那样做。在原始森林和冻原地带没有人能让我感到不幸。现在，我看到这个人出现了，就是你。人们称我是上帝宠爱的人，因为没有什么事是我做不到的。但他们错了，有一件事我不会做，我不善于为做过的事懊悔，更不用说后悔。那一天到来时也就是我的末日。梅贝特会死——除非我不能动了。记住这一点，永远也别忘记。”

他使劲拉了拉皮条，行军丘姆的撑板发出“咯吱咯吱”的声音，好像鸟的骨头被捏碎的声音。“什么时候也不要为我的主意而后悔，”梅贝特继续说，“不要这么做。要不然我就把你扔出去，你会成为像兔子一样的流浪汉。”

哈德科感到脊背发冷，像有蛇在后背上爬。

“那哈德涅呢？你把她也扔出去？”

没有回答，梅贝特拉紧了皮条，不慌不忙仔细地把它在雪橇上固定，然后向仓房走去。很快他返回来了，手里拿着一块像熊皮的东西，旧的皮子上面带着毛。梅贝特把拿着的东西扔到儿子的脚下，哈德科看到了人的头发。

“这块皮是从那个小伙子头上取下的，瓦伊诺特人派他到这儿来打探我准备如何打仗。他的失踪让他们非常害怕。我在瓦伊诺特人来到这里的前一天抓到了他。在距离这儿不远的地方抓到的，留下他的头骨，尸体埋在了树下。他没有什么可抱怨的，战争允许开这样的玩笑。他们也可以对你做同样的事……”梅贝特心里又出现了由鄙视产生的愉快。

“如果你妻子还劝说你去拜访她的亲人，那么就带上这些头发。他们会喜欢这个礼物的。”

直盯着父亲，哈德科捡起了带头发的头皮，把它放进系在腰上的鹿皮口袋。梅贝特脸上的笑容消失了。

“真害怕你不按我说的做，”梅贝特重复着，“走吧，今天我们有很多事。”

看到亲人的头发后，哈德涅停止了哭泣，她想起了爸爸和妈妈。



夏天过去了，到秋天的时候，她开始像鸭子一样走路，总是抱怨沉重的肚子让她力所不及。

“你要有孙子了。”梅贝特妻子说。

梅贝特笑了，他想的和妻子一样。

沉重的肚子没骗他们，四月的一个晚上哈德涅生下了一个男孩。

哈德科这时正在上游地带为最后一次捕鱼进行撒网的准备，虽然他着急往家赶，但还是迟到了，儿子出生时他不在旁边……

和自己妻子生孩子时一样，梅贝特走进了生孩子的不干净的丘姆，他看到，新娘虚弱的脚被套在皮带里，像秋天的蜘蛛（那时妇女是站着生孩子的，被捆在丘姆里的十字形支柱上），婴儿的胳膊在动,他躺着不出声,因为刚出生的婴儿什么也不需要。梅贝特的妻子跑进丘姆，帮助哈德涅从皮带里解脱出来，扶她躺到兽皮上，抱起婴儿，把他送到哈德涅怀里。还没等他找到奶头，梅贝特说：“等等，我回来之前先别喂他奶。”

他走出了丘姆，跑向仓房，在那儿割下一块新鲜鹿肉然后回到丘姆里。新生儿在母亲乳房边哭了，声音越来越大，梅贝特拖延着，好像想知道他的孙子到底能哭多大声，当哭声变得像哨子一样刺耳时，梅贝特小心地伸开小手指把肉放到上面。婴儿僵住了，好像在决定选什么，是母亲的奶水还是肉。最终他的头离开了乳房，而裹住了肉，一股红色的血顺着他圆圆的脖子往下流，他脖子上的羊水还没干。他贪婪地吸吮，浅色的眼睛像春天的树叶，神情专注。他生命中第一次品尝的不是母亲的奶水而是鹿血。

这样在不干净的丘姆里实现了很久以前的预言，梅贝特的心碎了。

孙子取名叫塞弗塞勒，绰号“浅色眼珠”。他是第一个让梅贝特真正了解自由生命意义的人。

只是刚开始他还没意识到这点，要知道所有伟大的变化都是从不知不觉中开始的。梅贝特第一眼看到孙子时，觉得他没有继承他父亲哈德科的特点，没有焦油般发亮的眼睛，没有宽宽的颧骨。梅贝特不知道他孙子出生后应是什么样，但有种预感告诉梅贝特，他的孙子塞弗塞勒就是他自己，浅色眼珠，浅色的头发，和原始森林里的任何人都不像，好像随着岁月消失的某个民族，他们以前曾经到过这遥远的地方。

梅贝特仍然很有力气，他依然能成功狩猎，但他已经不是以前那个他了。

这是怎么发生的谁也不知道，如同没有哪个死人晓得上帝的想法。

哈德科因儿子而感到高兴，像保护宝贝一样爱护他。那时原始森林里新生儿很容易死亡，可能由于吸入冰冷的空气，也可能因为别人带来的疾病，也可能由于母亲的奶水不足，或因为吃了不干净的食物，也可能由于其他灾难，人们经常找不到死亡的原因。后来婴儿死亡已经不是很令人悲伤的事。人们通常把死婴埋在树洞里，不让地狱的鬼魂找到这些无声的小灵魂。为了避免死亡，人们就尽量多生孩子。

梅贝特已经记不清，多少次陪自己的妻子去树林寻找合适的树洞。在生哈德科之前生的都是女儿，只有一个活到了三岁。那是一段艰难的岁月，大概从谢尔库普人那儿传来了瘟疫，鹿开始不断地死去，野兽都离开了原始森林。梅贝特经受了严峻的考验,他转眼间变得很穷,但他带着天使般的微笑抓住了命运，如同抓住执拗的鹿让它服从。

然而在那段艰难的日子里发生了从来没有的事，梅贝特同意和耐瓦夏特族一个叫叶扎恩加（含义是缠在套索里）的人举行幼年订婚仪式，那个人有个五岁的儿子。叶扎恩加非常穷，几乎一贫如洗，但这也没能阻止幼年订婚。

按照习俗如果孩子幼年被订婚，那么到新娘长到十四岁前，年幼丈夫的父亲就要分期支付彩礼。那时认为十四岁就可以生孩子了……

梅贝特已经不记得，他要了多少彩礼，大概四十头鹿，也可能比这少。但女儿三岁时死了，以后也再没有女儿，婚约也就解除了。那是段令人厌恶的历史，梅贝特尽量不去回想它，老年时则完全忘记了。

但浅色眼珠的塞弗塞勒引起了所有人的惊奇，梅贝特像爱护宝贝一样爱护他，他心里最害怕的是孙子像其他婴儿一样死去。在转场时梅贝特做了个女人专用的雪橇，就像谢尔库普人做的那样，用木头做成箱子，在里面包上鹿皮和兽皮。他告诉哈德涅，除非必要，否则不要把小孙子抱出女人住的雪橇，特别是在寒冷的日子……他也同样爱护哈德涅，不让她做妇女应该做的沉重的活，这些重活几乎全落到亚恩德涅身上，她也没有抱怨，而是令人惊奇地愉快地接受了。

哈德科给儿子做了个摇篮，用煮过的结实的榆树皮做的，在里面放上兽皮，铺满白色的羽毛。出于嫉妒梅贝特也做了个摇篮，用能经受重量的落叶松做的，把它拿到丘姆对女人们说："这个更结实，转场时会用得着。"

有一次，梅贝特看到塞弗塞勒一个人被留在丘姆里，摇篮翻了，他从里面掉出来，爬向装水的原木，他拿起舀子，舀水喝，喝饱了，又把舀子挂上，爬回原处。但他不能爬到床上，于是他开始大声地、威严地哭喊。那时他刚四个月多一点，还不会走路，能说的只是单词的词头，只有母亲和梅贝特能听懂。

一岁半时，塞弗塞勒再一次让家里人吃惊。

"看看，小伙子。"梅贝特说着从口袋里拿出了他做的手工制品，不大的木头做的小牌子连着用一整根筋做的活扣。他一只手拿着那个小木牌，另一只手拉活扣，小木牌发出细微的声音。这是个小喇叭，原始森林和冻原地带很古老的儿童玩物。

小木牌在梅贝特手里唱歌，孙子一开始没明白是怎么回事，睁大了浅色的眼睛，后来抓住了它，高兴得“咯咯”笑，梅贝特也高兴得“咯咯”笑。

快两岁时，当塞弗塞勒的手指已经有力量，他可以牢牢抓住他不想给别人的东西的时候，梅贝特给他做了一张弓——那是一张真正的弓，弓身是用桦树和落叶松做的，用鱼胶将鹿筋做的弦和弓粘在一起。梅贝特又做了几只真正的小箭，带有白色的羽毛，用骨头做的箭头。当需要复位时他把着孙子的手，把他的小手放到武器的中心。

“两只手，小伙子，用所有手指，抓紧。”他这样说，孙子右手的手指拽着箭尾的羽毛，“不是这样，用手指抓住箭的中心，那儿有羽毛的地方……现在抬起弓把它放到你的正前方，用尽力量拉紧弦，靠近右侧脸颊，最后抬到耳朵的位置……拉……现在放！”

箭“扑哧”落到了距离塞弗塞勒半步远的地方，他的第一箭像有气无力的痰，却让梅贝特欣喜若狂。

妇女们不了解一家之主，但很高兴能看到他的新激情。塞弗塞勒是家里的宝贝。塞弗塞勒出生后到他射出第一箭的两年间，哈德涅还生了一个孩子，是个女孩，只活了一个多星期，她在这个世界上的出现和消失显得那么微不足道，几乎没什么意义。

梅贝特和哈德科经常去狩猎，他们打到很多猎物，活扣为他们捉到黑貂和北极狐，他们的储备很足。

一次梅贝特打猎回来，进入丘姆看到只有两个人，亚恩德涅和孙子。他问哈德科和哈德涅去哪儿了。妻子回答早上就出去了，说太阳落山时就回来。“为什么出去了？”“没告诉我，匆匆忙忙就出去了……”

一种不祥的预感袭上梅贝特的心头，但他没表现出来。把猎物搬到仓房后，很快梅贝特开始教塞弗塞勒射箭，剩下半天时间他和孙子一起就在射箭中度过了。太阳下山的时候听到狗叫声和滑轨的声音，儿子和媳妇回来了。梅贝特从丘姆里出来，看到哈德科和哈德涅用皮条绑着雪橇，上面装满了兽皮和袋子——但这不是他们营地的东西。

还没等父亲问，哈德科说：“哈德涅的父母老了，他们请求忘记以前的怨恨，他们希望我们两家像亲人那样和睦地相处。为了表示诚意他们送给你和我们每个人礼物。非常好的礼物，新皮猴是给你和母亲的，上好的鹿皮，还有其他东西。我们也应该礼尚往来，送一些好礼物给他们……”

仇恨像雷雨前的乌云笼罩了梅贝特的心，他全明白了，他儿子还是做了不该做的事。哈德科平静地说着，好像这是一件很愉快的事，哈德涅不出声地站在他旁边。梅贝特毫不怀疑这都是她的主意，这个小女人从来没忘记自己的愿望，那些从她氏族人头上取下的头发丝毫没改变她的想法，只是拖延了实现愿望的期限。而儿子那些平静的话，好像完全忘记了父亲曾说过的话："听我的，真害怕你不按我说的做……"

他们两个感觉自己有足够的力量，已经不害怕梅贝特了。

"应该想想，作为回复我们可以送什么礼物。"哈德科说。

梅贝特的仇恨接近极限了。他想提醒，给瓦伊诺特人的礼物早就准备好了，那是侦察员的头骨。难道哈德科忘记了吗？难道他忘记了，他将会变成流浪汉吗？

还没来得及说这些话，他感觉什么东西轻轻地扎到左边的酱里。转过身看见孙子手里拿着弓站在丘姆的帐子后面，边射边笑，箭飞了几步落到了梅贝特的脚上。

巨大的仇恨瞬间破碎了，消失了，梅贝特什么也没对儿子说。

## - 哈德科的死亡 -

哈德科活了二十岁。

第二十一年他死了。

可能由于忌妒父亲的荣誉，也可能由于自己被唤醒的因野兽追赶而逃窜的那段记忆，哈德科再一次企图幸运地一个人猎到熊，把它带到大熊节上，成为英雄。

他找到了熊窝，唤醒了熊，但那决定胜利的唯一动作却不够自信，哈德科未把握住与熊恰到好处的距离，长把猪刀没能杀死熊，只刺穿了熊皮。熊用后掌支撑着站了起来抱住了哈德科并撕碎了他的背。熊没动死尸，离开熊窝后消失在原始森林中。

沃伊贝利将可怕的消息带回了营地。狗流着血独自返回了，熊差一点扯断它的脊柱，整晚它嘶哑地号叫。女人们大声哭泣，希望能出现奇迹。只有梅贝特从怀疑和希望中解脱了。他明白儿子发生了什么，只是细节他还不清楚。但有一个细节他知道了，在狗流血的伤口上他找到大量的熊毛，灰白的。“是灰熊，一头老的。”他对自己说。

一清早沃伊贝利领着老主人来到熊窝，在那儿梅贝特明白到底发生了什么。

无论是熊、野兽还是鸟都没有动哈德科的身体——他躺在那儿，身体上覆盖着一层晨间的雪，柔软轻薄，熊的利甲撕碎了他穿在身上的皮猴，像撕碎柔软的布一样，哈德科的后背露出白森森的骨头。哈德科趴在地上，一条腿伸着，另一条腿卷曲着。梅贝特把他翻过来时，看到他僵硬的手仍紧握着刀柄，右手抓着宽宽的刀刃，梅贝特猜想，熊压在哈德科身上时，刀柄在他手里滑动了，儿子没有抓稳刀。

旷野上打斗的地方看得见一小束灰色的毛。他们没带鹿来，只带了个小雪橇。梅贝特把儿子放到雪橇上，用兽皮盖上，站起来往家走。沃伊贝利笨重地跟着雪橇跑，大口地喘着气。

按照习俗，死人要在第三天才能下葬，要在尸体的鼻子下放一撮北极狐的绒毛，如果死人能突然活过来，毛就会随呼吸而动。但第二天哈德科被葬了，因为希望这个被撕碎的身体再活过来是愚蠢的。

母亲伤心欲绝，她的声音嘶哑，已哭不出声来；梅贝特沉默了；浅色眼珠的孙子拽住死去的爸爸的鼻子笑了；哈德涅把他领到另一个丘姆，自己再也没有出来，甚至下葬时也没出来。梅贝特用皮条拉着凿了洞的原木，里面装着哈德科的身体，把它拉到落叶松那儿。那棵落叶松长在离营地不远的地方，树上有个洞，那里曾埋葬了哈德涅不为人知的女儿。

第一个夜晚是沉重的。亚恩德涅恢复了声音和说话能力，她不停地嘟囔着什么，让梅贝特无法睡觉。失眠从来没折磨过梅贝特，但现在他无法闭上眼睛。从太阳下山到月亮从天空中消失沃伊贝利就不停地号叫，它嘶哑地号叫，声音拖得长长的。接下来的一个个晚上号叫声变得越来越细，忽高忽低，刺痛了梅贝特的头，最后他简直无法忍受了。

拿起套索，梅贝特走出丘姆，他要重新勒紧受伤的狗让它别出声，但从未见过的景象让他放下了手。沃伊贝利不是孤单的，旁边还坐着哈德涅，狗和女人一起在叫，冲着月亮号叫，对着漫天的白点号叫，对着闪耀的星星号叫……

梅贝特继续忍受着号叫，一句话也没对哈德涅说。

关于那个灰熊的想法越来越强烈地吸引着他。

儿子死后梅贝特内心所受的煎熬不能用悲恸来形容。哈德科是个好猎手，是勇敢的战士，他也是唯一一个敢威胁梅贝特的人。

更糟的是儿子有足够的勇气违反父亲的禁令，蔑视梅贝特感到自豪的事，表明梅贝特的力量没他自己想的那么强大。儿子和熊打仗打输了，但在和父亲的对战中却赢了，要知道父亲在原始森林和冻原地带没有对手。为了孙子，梅贝特忍受了儿子的放肆，拖延了报复，但现在儿子的失败在他面前如此的清晰。梅贝特是独一无二的，他从来没想过死亡，也没想过生命的延续，但塞弗塞勒的出生促使他开始思考这些。他甚至有过这样的想法：等到孙子长大了，比他父亲更有出息，他就把一切都给孙子，而不是给儿子。他要把儿子撵走，因为这样的仇恨不能不报，但软弱和耻辱是潜在的威胁[1]。

哈德科的死使梅贝特明确自己的想法：孙子将成为像他一样的人，延续他的名字。

---

1　译者注：梅贝特是个骄傲的人，从没有人敢威胁他，但他的儿子哈德科却蔑视他认为骄傲的事，这让他感觉是耻辱，对他来说是不能忍受的，他一定要赶走儿子，但他又非常爱孙子，对孙子的爱使他变得软弱，不像以前那样无情。

突然梅贝特想起自己头发变白了。他当然知道，但一想到衰老他的心就被刺痛了。

人会死亡，会像他儿子那样离开这个世界，他自己还能活多少时间呢？会不会在塞弗塞勒能自信地抓住武器，保护家庭，像他那样按自己意志生活之前，这个时刻就来到呢？

梅贝特还像以前一样相信自己会成功，但关于死亡的想法，像疾病一样渗透到他身体里并开始滋长。他注意到对生命延续的担忧改变了人，那份担心使人变得小心谨慎，使人变得胆怯。他感觉到了这些，脾气开始变得暴躁，他成了一个凡人，一个实实在在的凡人，有一天会成为泥土里耀眼的一堆白骨……

突然梅贝特看到了希望。他明白他的生命中有一件最重要的事——他应该去找到那头打死他儿子的灰熊，无论如何要找到，哪怕熊是在地狱里建了窝，他也要找到并把它打死。他将打死熊，从它那儿获得力量，然后继续活下去。

上帝宠爱的人不是要替儿子报仇，他要把自己倾斜的世界弄平。

## - 影子的舞蹈 -

冬天剩余的时间、春天、夏天和即将到来的秋天，梅贝特都在寻找灰熊，他自己也变得像野兽。透过每一片落叶，通过留在树干上的动物的毛，在变化的空气中，在扩散的声音中他一直在寻找熊的踪迹。他消失在原始森林里很多天，眯着眼打猎，在最寒冷的冬天来临之前他找到了熊。

那个时候大多数熊已经躺下开始冬眠，因为不冬眠，走路会消耗体能，它们会消瘦，等待它们的只有死亡。严寒会吃掉它们的脚掌，爪子会变成枯枝。但老天总是慈悲地对待还没躺下的动物，会给它们送来一份好礼物和合适的窝。

未冬眠的动物中就有灰熊。梅贝特碰到了连在一起的幼鹿遗骸，在雪里被冻在一起，他在雪青色的凝结块上看见了一小束灰白的毛,他明白目标已经不远了。尽管大雪掩盖了它的足迹，但熊窝应该就在附近……

梅贝特以前找到过灰熊的足迹，但只有现在他可以对自己说寻找结束了。正好是在一年前的这个时候哈德科死了，梅贝特突然想，熊好像故意迷惑他，让他等到这个时刻。

找到熊窝了。沃伊贝利不可能找不到它。整个原始森林寂然无声,除了熊窝里传出温热腐臭的白雾,所有的气味都消失了。

梅贝特从远处看到，雪还没完全包围熊窝，好像野兽只是昨天才躺下，它还没睡熟。

太阳落山时梅贝特点燃熊熊的火，在距离熊窝不远处准备好过夜的地方，好像在逗弄、警告灰熊明天等待它的将是什么。

从黎明起他就开始为对战做准备，把一棵落叶松砍成一个巨大的猎熊矛,在它的尾端装上圆锥形的铁帽,检查好长把猪刀,踩平了准备进行搏斗的地方的雪。沃伊贝利由于紧张变得像石头一样，等待着自己的时刻……

这是一次奇怪的狩猎，不同于梅贝特经历过的任何一次。第一击他就知道他击中了野兽，当他把猎熊矛用力拉向自己时，他看到了血，铁尖帽没有了，它留在了熊皮里。梅贝特准备第二次进攻，他扔掉猎熊矛，抓起长把猪刀迎接敌人。

熊窝转动起来，远处很响的声音传到梅贝特的耳朵里。猎人全神贯注地等待着雪升起的那一刻，但熊迟迟不出来。梅贝特的手再一次拉紧了长把猪刀，就在这时熊的头出现了……

熊慢慢地从窝里出来了，就像清晨人们从丘姆里走出来一样，平平常常的甚至有些不情愿。它低垂着头，四肢着地，它向四周看了看，目光扫过猎人和狗，也扫过死亡。梅贝特等待着熊狂怒站起来那一刻，不可以打熊的额头，没有哪种铁能打碎熊的额头。但是熊却像狗那样靠着后腿慢慢坐下来。它几乎有一半的毛是白色的，体型庞大，每只熊掌都有萨满教的手鼓那么大，末端的爪子像锋利的弯刀；下颌张着，露出黄牙，眼睛深嵌在巨大的头颅上，已经看得出老态。看起来熊的身材要比它住的窝大。

灰熊没进攻也没逃跑，这折磨着梅贝特——他等待着熊第一次进攻……

熊仰起了头，大口吸着寒冷的空气，断断续续地号叫，听起来冷漠无情。这是它最后一次咆哮——梅贝特跳起来把长把猪刀插入了熊的前胸——咽喉旁边最脆弱的地方，用尽全力向下方心脏处一拉。熊好像被邀请跳舞一样，挥舞着熊掌“轰隆”一声侧着倒在了地上。梅贝特抽出刀砍断了熊头，便向后退，然后仰面跌倒在地。

梅贝特对这次狩猎感到吃惊，他不明白发生了什么事，语言和思想从脑袋里飞了出去。但停滞不前持续了没多久，内心已经腾出欢庆的空间。这不是为哈德科报仇的欢庆。梅贝特首先感到的是平静，意识到一件重要的大事做完了。灰熊被打死了，梅贝特倾斜的世界恢复了，比原来更牢固……他，梅贝特，再一次把自己看作唯一按照自己意愿生活的人。如果存在统治人的生命那样的人，那他也服从梅贝特的意志。他高于人们所说的善良和残酷，没有人能像梅贝特那样做，他的成功没有像夏天的太阳一样落山。在命运面前他摆脱了恐惧，他就是命运。

仿佛命运的安排，有些放肆，但仁爱、尊敬神的浅色眼睛的塞弗塞勒，而不是他的儿子，将成为他生命的延续。

天气好极了。阳光照在雪上，风没有影响阳光，没有使空气变浑浊，没有抹掉清晰的蓝黑影子——树、人、狗和被打败的熊。阳光四射，兴奋在梅贝特的内心传遍。他心里涌出一个急切的想法，在这里组织大熊节，为自己举办。不需要打架的对手，没有射箭、逐鹿、跳过雪橇及其他愚蠢的娱乐——以前也没有人是梅贝特的对手，没有令人尊敬的长者，也没有一起猎熊的尊敬猎人，梅贝特自己就是猎人和长者，在显眼的地方与众人一起隆重地品尝熊头。尽管只有三个客人，三个目击者——太阳、原始森林和影子，在品尝熊头之后展示庆祝胜利的舞蹈，他自己就是节日。

梅贝特把胳膊伸向天空，做了一个动作，身体便开始舞蹈。与梅贝特一起舞蹈的还有他的影子，他的舞蹈变得很疯狂，影子变成发狂的多臂神……

梅贝特的身体快乐地舞蹈，抽搐，这是怎么回事……

影子停止了舞蹈，放下手臂离开了梅贝特。

梅贝特停了下来，猛然举起手——影子顺从地走了几步，沮丧地低下头，坐到雪里。

梅贝特浑身湿透，摘掉皮猴的帽子——影子带上帽子，他缩成了一团，好像他很冷。

梅贝特迎向影子——影子站起来，离开梅贝特，停下，然后躺在宽阔的白桦树树干上……

不知从哪里传出声音：“梅贝特，你认出自己的死神了吗？”

这不是死神本身，是死神的使者。当一个人即将离开中间世界时，使者就会出现在那个人面前。原始森林里的人都知道，影子永远不会骗人。

“你认出自己的死神了吗？”

他转过身。说话的是灰熊的头。

“你是谁？”

“奇怪的人。要知道是你今天把我打死的。”

熊头没出声，沉默了好久。然后问：

“你害怕吗？”

“不。”梅贝特回答。突然他哭喊起来，像个从温暖的肚子里突然来到人世的婴儿那样哭喊。

现在梅贝特才明白，神灵一直都在注视他的生活。终于报复了他，给他带来和平常人一样的痛苦，甚至更糟，在欢庆的时刻，在不能死的那一天送来使者。

“你还是害怕了。”熊说。

“我还能活多久？”

“不知道，”熊回答，“这个只有母亲才知道。什么时候把人送到世界上，什么时候把他们带走是她的自由。不管怎样，你剩下的日子不多啦。还没有人，在影子离开他的身体后还能活到最近的新月。”

梅贝特回想起狩猎前那晚，月亮大大的，明亮的，已经完全圆了，这意味着，他大约还剩五天或七天的时间。

梅贝特想到孙子，浅色眼睛的宝贝，感到一阵剧烈的痛。塞弗塞勒还那么小，狗对他来说比鹿还大，他还站不稳，他的力量只够用玩物弓射出不超过自己身长的距离……留下他一个人和两个没人保护的女人，其中一个已经不年轻了，毫无价值可言。

知道梅贝特的死讯后，那些忌妒他的人、那些心里对他充满怨恨的人、那些怀疑神灵公正的人都会欣喜若狂，那时塞弗塞勒将成为报复的对象。

哈德涅还年轻而且很漂亮，她的家庭出于善心会接受她作为别人的妻子，同时接受梅贝特积攒的财物，总之他们逃不掉远离家园的命运，塞弗塞勒摆脱不了成为养子的境遇。

梅贝特已经很多年不和自己氏族的人来往，他们和其他人对他来说没区别，甚至有可能，他们会第一个扑向梅贝特剩下的东西。

"我现在不能死。"梅贝特说。

熊没回答他，梅贝特又重复了刚才说的，"我现在不能……"

"跟着自己的影子走。"熊说，"他领你到一个教堂，那里住着老者。他很善良。你去请求他给你生命，让你结束没做完的事，然后平静地离开世界。老者会为你在母亲面前美言几句。他不会拒绝诚实的、值得推迟死亡的人的请求。现在就去。抓紧，新月快到了……"

"为什么你要帮我？要知道是我打死了你……"

"赶快……"

灰色的眼睑滑向失去光泽的眼睛，叹了口气，熊不再说话了。

## - 教　堂 -

影子领着梅贝特前往远方的教堂，他曾听说过这个教堂，但从没去过。

开始梅贝特害怕赶不上影子，或者影子走得太慢，在新月出来之前赶不到教堂。但是影子一直在帮梅贝特，与他同步行走，甚至督促他不停地行走，梅贝特一停下来休息，影子就站起来走。影子还给梅贝特留下凸起的记号，而不是压出凹痕的记号。一天天，路上的记号变得越来越不明显，梅贝特明白，这意味着他的时间不多了。他不吝惜自己地奔跑起来，右侧滑雪板的蒙面材料开始往下掉。

云彩挡住太阳或下雪时，记号帮助梅贝特不丢掉影子。夜晚影子就待在离篝火不远的地方。

这些天沃伊贝利沿着主人的足迹跑，它的引路人也尽力不提醒它。



月亮开始变圆，所以晚上也开始赶路。第四天黎明时影子停了下来，伸手指着下方让梅贝特看，那里是平整的白色空间，有黑黝黝的森林岛和圆圆的丘姆。在圆的中心，树变得越来越高，三棵巨大的落叶松是金字塔的顶端。引路的幻影转身再一次指明教堂的方向后就消失了，他已经完成了自己的任务。

白色的草原上面有个岛屿，一望无际，那里是世界的尽头，永远寒冷的国度。

韦尔族的梅贝特去迎接在他出生之前很久已经开始的未来，因此老者没有问他的名字。梅贝特知道，老者会在森林岛的边界处迎接他。

老者就是那头灰熊。

“你没迟到，”他说，“在这儿你很幸运，和以前一样幸运，要知道你身后暴风雪正在肆虐。”

梅贝特没转身，他相信老者的话。

“你想向我请求多活几天，为什么？”

“我儿子哈德科在打猎时死了，被打死了……”梅贝特拖延着说。

“你想说，是我打死了他。”老者接着说，“是的，是我打死了你的儿子。然后你打死了我……继续。”

为什么他这样问？梅贝特心里想，却重复着在熊窝时说的话。

“哈德科死了，现在我要死了，女人们不会打猎，而我的孙子还完全是个小孩，没有人干活养家，家里人就活不下去，不要让我现在死。”

老者稍稍欠起身，收拢嘴唇，眼睛缩小了。梅贝特感觉老者微笑了。

“你看，非常简单，你说的完全符合人之常情。你孙子几岁了？”

“第五个冬天。”

“你请求推迟你的死期到什么时间？”

“请允许我活到孙子比他父亲更能干时，我把自己的本领全部传给他后，我才能安心死去。”

现在老者不是微笑了，他笑得整个笨重的身体跟着颤动。

“你真是个幸福的人，梅贝特。只有真正幸福的人才能允许自己如此无礼的行为。原始森林和冻原地带的人都知道，在这儿，在教堂，可以把死期推迟两三天，不会考虑给予你更多的时间。母亲很善良，但她不喜欢放弃自己的权力。她只会给予少量的时间，目的是让人们记住并向别人讲述她的善良。因此允许推迟死期的情况非常少，只有当那个人需要看到孩子的出生或完成复仇，或极其畏惧死亡的时候…… 而你要求的是后半生，全部后半生，梅贝特！”

老者笑了很久，好不容易平静下来说：“不过我想，你可以得到新的生命。”

他站起来走进黑暗的角落，很快又转身回来，手上挂着一串小木牌，用细皮条捆在一起。

“这是十一个牌子，代表十一年。每个上面有十一个记号，代表一年的十一个月。我想这些时间足够让你的孙子成长得比他的父亲更优秀，成为一个真正的猎人。拿着！它们是你的了。”

梅贝特伸出手，接住了那一串木牌，揣到皮猴里，微微鞠躬，转过身准备走。但无路可走，只有一望无际的白色空间，没有天地，没有太阳和星星。老者哈哈大笑，笑到声音嘶哑，接着又是一阵咳嗽，然后伸手拍了一下后背：

“你真是个小孩，愚蠢的人，迟钝的人，娇惯的、愚蠢的孩子，还没离开摇篮的婴儿！”老者大发脾气。“要知道你已经是死人了，梅贝特，你还像以前一样行事，好像你的成功是夏天不落的太阳，真是小孩子……”

梅贝特的心战栗一下，清醒了，他微微鞠躬说：“对不起，我失礼了，我没有很好地感激你……”

“我不需要你的感激。我知道，你在想，为什么我这么慷慨？”

梅贝特像普通人那样傻傻地看着老者，他问：“你怎么这么慷慨？”

“你度过的生命，不是你的。”

“我不明白。”梅贝特说。

“你当然不明白。这一切都是在你出生前就注定的。”

灰熊用后腿支撑着站起来，胸前毛皮上冻结的血块随之震颤了一下。

“是，我们这样称呼你…… 走吧！母亲想见你。”

## -母　　亲-

他们穿过教堂中心，沿着长满松树的峡谷前进，母亲住在布满树叶、树根和草的洞穴里。看到她之前梅贝特先听到了她的声音。

“你来了，孩子，”有个声音说，“你变样了，完全不像你在天堂时候的样子。可有些东西我还是能认出来。”

“你是谁？”梅贝特问。

“我是那个一只手给予生命，另一只手剥夺生命的人。”

云彩凝固在空中，流水变换着色彩，母亲站在他面前，水中倒映出女人的模样。

“这是你，孩子，站在我面前的人，只有少数人能获得这样的恩典，你是其中之一，更何况是我自己想见你。有人对我说，你想请求再活很长时间，即便这显得不知道分寸。”从母亲的声音里能听出讥讽，“我对你很不满意，孩子，非常不满意，你活得越久我越伤心。”

他垂下头，他没有学会为自己申辩，完全不知道什么是过错。母亲好像猜到了他的想法。

“是的，是的，是我不让沉重的过错和痛苦折磨你，也不让记忆和激情折磨你，这是我的愿望。人们称你为‘上帝宠爱的人’，他们错了，应该叫你‘母亲宠爱的人’才对。这样的称呼在世界上是没有意义的，要知道所有母亲，或者几乎所有的母亲，都爱自己的孩子，你又有什么不同呢？这一点你自己都不知道，更何况别人。就让他们认为你是上帝宠爱的人吧！其实这个称号的产生也是我安排的…… 你明白我说的吗？孩子！”

“不明白。”梅贝特压低声音回答。

“那我从头给你讲起。坐下，别急。这里没有时间限制。”

## - 梅贝特的出生 -

母亲开始了讲述。

我承认，第一个看到你的不是我。如果说第一个看见你的人是你母亲或接生婆，那是十分愚蠢的。第一个注意到你的是乌里格恩，上层世界的神。神灵都知道什么是苦闷，大概，乌里格恩更知道那是什么。和中层世界的人一样，他居住在人们中间，不同的是，他住在那些即将出生的人中间。他们居住的空间悬挂着冲洗过的影子，因为他们的命运还没被决定。即使命运决定了，影子还是不能变清晰，因为他们还太弱。这样灰色的、冲洗过的影子下落到不干净的丘姆，他们就来到了世界上。他们开始哭喊，重复着祖先的生活。他们要经受正常人都要经受的折磨，强烈情感的折磨，贪婪、罪过、嫉妒、无尽的痛苦、荒谬的爱情。任何人都找不到出路，任何人都无法摆脱自己的缺点。所以天堂是平淡的，地上也是平淡的。有时，我问："天堂里有什么新鲜事，乌里格恩？"

他这样回答我：

"和地上一样，没什么新鲜的。"

后来我不再问了，因为听到的回答都是一样的。通过我的手出生的人如同河水那样多，但我的心从未在一个人身上停留过。给予生命很容易，剥夺生命更容易。我厌倦了人们的祭品、哀求和咒语……

有一次乌里格恩对我说：

"我看见一个影子，和任何人都不像，我能看见手、脚、手指、头发、身高，他会成为不同的人。"

这就是你啊，孩子。我的心停留在你身上。于是我对乌里格恩说：

"把他给我，啊！乌里格恩。"

“这是卓越的神！你还记得什么是卓越的神吗？”乌里格恩小心地问。

我恳求他，用甜言蜜语说服乌里格恩别担忧。

“快点给我吧！现在就给，不要让其他神知道这个影子，不要给他另一种命运。”我这样对乌里格恩说，“我发誓，你为我做的一切我一定保守秘密。”

乌里格恩满足了我的要求，于是你出生了。你知不知道，为什么我选择了你？因为你有力气，有杰出的本领，这些都是其他影子不具备的。力量是从上层世界来的，它产生于天堂，由乌里格恩控制。不是所有人都能到天堂，甚至有些神灵也到不了。有时天堂会派巨人或勇士来到人间。但给他们的力量越大，他们的命运就越可悲。他们和巨兽交战，有时他们被歼灭了，为了自己或其他部落的荣誉，他们和人类开战，往往以牺牲宣告战争的结束。人们高度赞扬他们，为他们谱写颂歌，甚至称他们为神，但他们自己却没变得更好更强。那时我看见了你，没有耽搁我太长时间……你，可能为获得某一宝贝，或进攻外族部落，以光荣的牺牲代替了荣誉。但我不喜欢光荣的牺牲。我想看到一个从出生到死亡都幸福的人是什么样。你有非凡的力量，你的力量能满足你的愿望，因此你没感到痛苦。你年轻的心想要荣誉，获得荣誉能让你心满意足，你想要爱情，就得到了她，最后，你对人们为之争斗的东西变得漠不关心了。

我很高兴看到这些。上帝没来得及给你高级指令，这使你免于过早死亡和痛苦，要知道本领大的人都会成为蒙难者。差不多在婴儿时你就掌握了人们通过多年学习和战斗才能掌握的技能，我保护你儿童般的灵魂远离怨恨、贬低、仇恨。我让你出生在普通人家，这样你的才能归功于上帝的仁慈，而不是氏族的荣誉。还有个传闻我吃掉了你父亲——在沼泽把他淹死了……

母亲再一次问：

“这样，你还请求返回人间？”

“是的，”老者替他回答，“他想返回，而且请求很久……”

“任性的孩子。”水动了一下，变成雪青色。“你要多长时间？给你三天，为了让你到家，死在家里，够不够？”

“他请求更多，”老者重复，“他想活到那个时候，当孙子……”

“孙子……”母亲笑出了声。

“活到孙子做得比自己的父亲更好，能干成年男人们干的活。”

“孙子，”水再次发出声音，“浅色眼睛的塞弗塞勒，是我给你的礼物……”

动听的声音突然充满了沉痛。

“他是我给你的最后的礼物，最后送给你的。在你身上停留了我的心！我送他给你是想唤醒你不知感恩的灵魂，但还是没唤醒。你把自己看成了上帝，接受孙子是为了生命的延续。你只是个人，一个凡人而已，你是我们精神的娱乐，你是蠕虫的甜食，到这儿你也没想起我！”

梅贝特跪下了：“我发誓，我会带来祭品，最大的、最慷慨的祭品，对您为我所做的一切表示敬意。”

他的话里充满莫名的、真正的恐惧。

“现在你说话完全像个正常人了。”母亲说。梅贝特却惊慌失措。

“老者给了我生命……”

水起了明显的漩涡——这是不理解和仇恨的预兆。在母亲发作之前，老者说：“是这样的，我给了他更长的生命，整整十一年，正好塞弗塞勒可以承担起梅贝特家的责任，有能力保护亲人们安享晚年，繁衍并抚育下一代。”

突然，梅贝特看到，熊皮在爬，变成了那个三十五年前在大熊节上遇到的老人，雪橇停在旁边，地面上有铺开的兽皮。

“我和你说过，小伙子，你心会碎的，帮我爬上雪橇……”

老人消失了，雪橇消失了，再次出现在梅贝特面前的是灰熊。

“你自己命令我叫他过来，”灰熊对母亲说，“梅贝特，给母亲看看我给你的生命。”

梅贝特从皮猴里拿出了那束小木牌。这时小木牌开始在灰熊的爪子上游戏起来。

“人们说上帝不公平，对一些人很残酷，对另一些人很眷顾。”灰熊说，“既然我们开始打猎，就要结束它，这样才公平！”

“你都做了什么？”母亲平静地说，“你做了什么？你不知道等待他的是什么吗？”

“知道。”

灰熊艰难地转过身，像狗一样坐着，对着梅贝特，和那天它从熊窝里出来等待死亡的时候一模一样。过了一会儿，母亲又开始说：“人们把世界比作住所，但世界不是丘姆，不能掀开帘子进进出出。你的影子领你到了这里，你跟着他进入了教堂，按原路返回是不可能的。瞧，这就是，”那束小木牌在灰熊的爪子上摇动了一下，“你需要拿着它经过十一个丘姆。实际上它们不同于人们住的丘姆，它们是无形的。你站在滑雪板上，狗在你旁边跑，你感觉好像走在你曾经经常走过的路上，但这是另外一块土地，甚至完全不是土地。你需要穿过十一个空间，那是人与神的边界，那里被称为赎罪的丘姆。那里居住着善良的人和残忍的人，这些人还没来得及得到奖罚，暂时活在世界上，在这些丘姆里住着善良和残忍的灵魂。记住这一点，梅贝特，你做的事既有善良的一面也有残忍的一面，让人们去评论吧！但你被叫作‘上帝宠爱的人’，只是因为我们一直在保护你。”

“如果你想返回人间，”母亲继续说，“你要面临一场巨大的战争，因为赎买结束了。我们无力从饿得虚弱不堪的灵魂那儿赎身，你返回人间的路经过他们的营地，这条路我无法陪伴你，想想吧！孩子……”

“你诅咒我？”梅贝特问。

“不。我现在依然爱你，也不想你受伤害。如果你想现在离开人间，没有任何痛苦，我会更安心。要知道你是我挑选的。但人迟早是要死的，你也不例外。创造世界时就这样，就连我也无力改变这个，所以不要以为神是万能的。”

“等待你的将是一场伟大的战争，”灰熊重复着母亲的话，“最伟大、最艰难的战争，为了自己。和你在一起的只有两个武器，你的狗和你自己。你的成功不会像不落的太阳，胜利是运气。梅贝特，在你决定战争之前想想……”

“当他们派人送来挑战的鹿时，我拒绝得不漂亮，愚蠢地隐藏了。”梅贝特说，“感谢您，伟大的神，感谢您的仁慈和慷慨。我选择战争。”

他头触地深深地鞠躬。但母亲已经消失了，就在她站的地方，水泛起波涛，仿佛一堵厚厚的墙，松树一排排站立，峡谷向前延伸，无边无际，变成昏暗的一片。

灰熊不见了，眼前又出现了老者。

老者转过身说：“走吧！我送你。”

他把那串小木牌挂到脖子上，艰难地站起来，四肢着地沿着松树林走在前面。灰色的皮在硕大的身体上抖动。

他们默默地往前走，只有月白色的雪在脚下发出“沙沙”声。

成排的松树变窄了，不久他们就并排走不下了。老者停了下来，把那十一个代表梅贝特生命的小木牌给了他。

“你大概听说过，希望不好的事情发生时人们会说：但愿你的锅是空的，希望你在雷雨路上走丢。”

“没人这么对我说过，但我听说过……”

“你正要走这样的路，你和你的狗。沃伊贝利将是你唯一的帮手，狗在这条路上可以看作是人。而且只有它能看到哪里是一个丘姆的边界，哪里是另一个丘姆开始的地方。尽量不要迷路，不然就丢了，无论是人世还是我们的世界都找不到你。”

“我不会迷路。”

“不要这样说。你面临的任务非常艰巨，如果要我说真话，”老者拨弄了一下动梅贝特手里的小木牌，“我确信你不能成功地把它们都带走。当无论力量、智慧和勇敢都不能取得战争的胜利的时候，你可以用这些木牌来赎买。尽管不是十一年，而是十年或七年，哪怕是一年也比什么都没有强。你要权衡自己的力量，狡猾比骄傲要好。”老者转过身准备往回走，“那里，”他向峡谷挡住的黑暗处指，“他们想夺走你的全部，所有我们给你的，记住这点！”



老者刚一消失，银色的月光就照到梅贝特的脸上。松树峡谷到了尽头，雷雨之路开始了，路上有看不见的丘姆。

梅贝特通过住着疾病、不幸和怨恨的丘姆时丢掉了一个小木牌，这意味着送给他的一年的生命丢掉了。

## - 三个狼丘姆 -

白色罩布下出现成群灰色的幻影，他们有节奏地不慌不忙地奔向远处，没有靠近人和狗。

“他们是谁？”梅贝特问。

“不知道。”沃伊贝利回答，“只看到了狼，或者像狼的东西。”

梅贝特停下，灰色的影子也停下；梅贝特走，他们也走。由于不间断地赶路，梅贝特感到脚沉重如灌铅，他早已经忘记了时间，因为在路上没有白天、黑夜、日出、日落，太阳、月亮和星星。

不是一群，而是三群——那是痛苦、失望和恐惧的灵魂。

每个群都住在自己的丘姆里，他们无形的住所连在一起，好像一个空间，但有明显的界限，因为痛苦、失望和恐惧总是相伴的，他们互生彼此，互相增加，像狼一样互相陪伴。

三个丘姆的灵魂打败了梅贝特。当奔跑变得难以忍受，脚变得麻木，梅贝特勉强能站着的时候，那群灵魂停下了，开始嗥叫。那叫声拉直了梅贝特的灵魂，仿佛通过管子吸他的血。

梅贝特的舌头变得像干木槌，身体开始抽搐，他伸手从衣领上扯掉代表生命的小木牌，扔到雪里。

手和小木牌一分开，嗥叫声就停止了。

疼痛没有离开梅贝特，但力气开始恢复，他站起来往前走，像半死的人不知道要去哪儿。沃伊贝利叼起那束小木牌，想还给主人，但刚把小木牌放到梅贝特手里，嗥叫声再次响起，梅贝特又跌倒在地。

“听我说，”梅贝特说，“如果你不把小木牌给他们，我诅咒你。”对于狗来说没有什么比人的诅咒更糟糕的了。“哪怕你和他们搏斗，把那些东西夺回来，我也不接受。我要死了，你也要死了，一切都要死了，对我来说无所谓。这是无用的战斗，不值得。相信我……”

沃伊贝利明白主人说的是真的，它没有争辩，挽救痛苦的生命是愚蠢的。它往前走了几步，把小木牌放到雪里，回到梅贝特身边坐下，等待着使者把战利品拿走。

三个灵魂站在长长的、有弹力的脚掌上接近了小木牌，拿起了它立刻返回群里。他们甚至都没看梅贝特一眼，他们拿走他的生命就像拿走自己丢在路上的东西。

“我要睡觉，”梅贝特说，“只想睡，你也睡吧！”

沃伊贝利躺到了主人的腿上。

梅贝特睡了很久，可能再也醒不过来了，他感觉到，有只手不是很用力，但不停地摇晃他的肩膀。梅贝特艰难地睁开眼睛，首先，他看到一只裸露的手握着小木牌的皮带。看到手后，梅贝特动了一下，但他不知道这是谁的手，仿佛凭空伸出的手，通过这只手能模糊感觉到皮猴里人的轮廓。

“拿着，”有个声音说，“你把它丢了，我又找回来了，不要再丢了……”

梅贝特的心又抽动了一下。他伸出手，想接住小木牌，但手指不听使唤，小木牌从手掌滑落，掉到了雪里。彼此撞击发出细微的声音，小木牌躺在雪里。

梅贝特突然明白了，接触了珍贵的小木牌，他不再疼痛，也听不到嗥叫。

“你是谁？”

“灵魂。”

沉默了一会儿，那个人说话了，好像猜到梅贝特想问什么。

“我很早以前就知道这些野兽，他们自己把小木牌给我的。”

“你命令他们的吗？难道你可以命令他们？”

“不是。还在人世时，我就与他们遭遇，同他们战斗，而且取得胜利，或者说几乎取胜，他们明白这一点甚至有些怕我。”

“难道有人能打败他们吗？”

“不知道……可能有。至于我，死得正是时候，如果不是那只熊战胜了我……其实及时死亡是件好事，哪怕死的是年轻人，生命对他来说都不是太短。你们活着的人，不能理解，或完全不理解这一点。”

梅贝特的心震颤了。

“你是谁？”他喊。

“我是哈德科，你的儿子…… 你很难认出我，因为我刚死不久，轮廓还不清楚，但我想，当我们再次在大地的边界相遇时，你会认出我，现在还不是时候。你好，爸爸！”

梅贝特如此吃惊，以至于不能回答儿子的问候。

哈德科没有责怪他。

长时间沉默之后，梅贝特清醒了，说：

“儿子，我打死了灰熊，我替你报仇了……”

哈德科平静地打断了他：“不要讲了，我知道。告诉我些更好的消息——我儿子健康吗？母亲怎么样？妻子还好吧？”

“他们都很健康，都非常想念你。”

“不需要想念。让他们不要再想念我。你回去告诉他们，我在这里不再忍受憎恨的折磨。”

由于哽咽梅贝特的嗓子变得嘶哑。

“我告诉他们……如果我能到达。这些丘姆里的灵魂非常厉害，他们是我的报应。”

“不要责怪自己，”哈德科平静地说，“每个人都要偿还自己的罪孽，在活着之时或是死后。”

“你偿还清你的罪孽了吗？”梅贝特问。

“可能偿还清楚了。虽然我不知道等待我的会是什么。我的命运在那里——”哈德科向天上指，“还没确定，时间还太短。但我看到神灵的礼物，他们在我幸福的时刻夺走了我的生命。我有儿子、漂亮的妻子，我能成功地狩猎。我的爱情是在憎恨基础上产生的，但爱情净化了憎恨。我消除了和人的敌视，和他们建立了友好关系。难道这些对一个人来说还少吗？而我去猎熊，想成为更幸福的人。是的，这太多了…… 真的，但有一件事让我灵魂不安。不知道谁的意志支配这些，我不怀疑这是美好的意志——我战胜了一直伴随我的内心的恐惧。这个恐惧就是面对你，我已经不害怕你，看见你时我也不再是哑巴，但心里想和你的争斗不可避免。但愿这件事不要现在发生，让它发生得更晚些吧！当我的儿子，你的孙子，你想让他成为继承人，长大了再发生吧！我猜到了这些……”

“你的猜测是对的。”梅贝特忧伤地说。

仿佛没听到他说的，哈德科继续说，“然而神灵送来及时的死亡，让我摆脱了和亲生父亲的矛盾。”

“你怎么不拿武器对着我？”

“与自己的儿子争夺嫡长权，拿着武器对着自己的亲生父亲——还有比这更残忍的事吗？”

“无论是谁，说他知道如何处理这种境遇简直是愚蠢。在这种事发生之前我的智慧控制着我不去想。虽然，我知道你不会忘记，也不会原谅怨恨，我有喘息的时间去想别的事。只想对你说，我会不惜一切让自己活下来，哪怕你希望我死。但你看上帝做了另一种决定，不需要告诉我们为什么。你可以原谅我吗，儿子？”

“你不需要我原谅。”

梅贝特低下头，胸口隐隐地痛，好像那群痛苦的灵魂又回来了，又开始嗥叫。

“不，你不能……”他绝望地说，“不能原谅我吗？”

“相信我，爸爸，不是因为愤恨，不是因为以前的委屈我才说这些话。憎恨和委屈已经留在那里不再回来。无论是石头、树木、小鸟还是野兽都不需要原谅——需要原谅的只有人。人远离真理，只有人知道什么是折磨，只有人渴望原谅和证明。”

“等等，”梅贝特喊，“不要走！我答应了要用尽力气坚持，精疲力竭也要坚持。告诉我，每个人都有受折磨的尺度，是真的吗？如果这是真的，是谁想出这么邪恶的事？”

哈德科的灵魂在空气中散开，变成了平坦的摇动的波浪，像战争中悲恸的旗帜在风中飘扬。

“让我成为居住在人世间的第一个人吧，那样的话，众神或许会向我揭示真相。”他说，“我不是第一个，但我相信，在时间的尽头，或许在这之前——真相会自己打开。然而现在最重要的是向前走。走，爸爸！不要浪费力气思考为时尚早的事。保重自己！”

说完这些，哈德科就消失了。

## - 第七个丘姆：死去的战士 -

出现在他面前的是被歼灭的瓦伊诺特的战士，以尼亚鲁伊为首领，他因无法忍受耻辱而自杀。

战士们坐在雪上，双脚交叉，好像在唱歌，随着拍子摇摇晃晃。

“一个人怎么可以对抗整个军队？”他好像在问自己，然后对自己说，“不能，不可能。但是，梅贝特、他儿子和一个女人却战胜了我。我的族人不相信我会失败，我的族人没听说我失败过。这怎么可能？不，不可能。犄角多叉的鹿是非常强大的，但一头鹿怎么可能对付一群狼？熊从窝里被赶出来的时候是可怕的，如果猎人很多，他们很勇敢，在狩猎的地方进行了很好的分工，熊就必死无疑。我，尼亚鲁伊，曾与冒犯我们领地的文身的通古斯人、埃涅茨人、谢尔库普人、阿林人、恩加桑人、其他部落和种族打过仗，我也率领我的族人侵占过别人的领地。我能对付两个人、三个人或军队，我的族人从来没听说我失败过，我的族人也没人员伤亡。战神庇护我，不仅给了我勇敢，还给了我做埋伏的知识，我善于合理分配和部署。但梅贝特、他儿子和一个女人却战胜了我的军队——完整的勇士军队。为什么会这样？为什么我的智慧变得浑浊？为什么我派了一个愚蠢的年轻人做侦察员，而不是有经验的侦察员？为什么会恐惧？为什么我那么胆小？为什么比愚蠢的人更愚蠢、比吝啬的人更吝啬，而让自己进入陷阱，中了埋伏？”尼亚鲁伊抬起头，好像要在空中找到答案。

“要知道我做的都是正确的。我派了一个最不引人注目的人做侦察员，他就像流浪的傻瓜。为了进行正确的判断，我自己去了敌人的营地。我没有胆小，没有吝惜自己，我应该会赢，因为我没有违反战争规律，我的战神这次应该帮我的。但你赢了……我很痛苦……你说说，梅贝特，为什么，你，一个蔑视一切法规，甚至不忌讳用女人做诱饵的人会赢？为什么赢的不是我？为什么战神送给我这次奇怪的战役？掀开帘子，看我的生活，就像看明亮的丘姆一样，一切都看得清清楚楚，不像有什么触怒了战神啊？你能告诉我这是为什么吗？”



“上帝不是万能的。”梅贝特说，“他和人一样有时糊里糊涂，也会犯错误。现在我明白了这点，尼亚鲁伊，不要再折磨自己了，不要再为过失感到痛苦。对你来说一切都过去了。”

“没有……”尼亚鲁伊回答，他充满悲伤坚决地重复，“不，没过去。我感觉这只是巨大痛苦的开始，像结冻的冻原一样广阔。一个好战士有着雪一样纯洁的心，思想简单，在手刚一接触武器的时候，就杀死困惑，只有这样才能不怕死亡。我为我的家族而战，我也不怀疑我做事的公平。忠于自己氏族的战士没有任何过错。但现在，我的灵魂，仿佛被虫子啃噬一般难受，我在想我是否是对的。我在想，对在哪里？我思考、困惑，而这对于战争是最沉重的考验。宁愿忍受任何铁器的打击，也不想忍受这种痛苦。我的记忆往哪儿藏？”

“我为你感到遗憾。不要问我是什么激怒了你的神。你不可能赢，你是个玩物。”

“玩物？”

……

“那你又是什么呢？”

“和你一样，是玩物，只是另一个。”

“另一个玩物？”

“大地母亲把我当成消遣，因为看到我无所不能而感到幸福，看到我碰到灾难而感到幸福。也正因如此你才打不过我。”

“为什么你要走？”尼亚鲁伊问。

他没有问去哪儿,因为他知道,梅贝特像要返回人间继续活。

“我需要活到孙子成年，不然我的家就完了。”

“真奇怪。要知道无论是其他部落还是自己氏族，从来没谁担心过你。想想亚恩德涅。”

“我当然想。就是为了她我才沿着这条路返回。”

尼亚鲁伊不说话了，死去的战士，站在他背后也沉默了。

“是的，”他终于说话了，“现在是我们清账的时候了。但你不知道我向哪个神做了祈祷。谁也不知道，因为有人时不允许说他的名字。这是主管商量、当差和公正的神。他庇护真正的战争。虽然我死了，但绰号‘叉形箭’的战士们还在。我违反了规则带领士兵去了你的营地，因为我认为你不会疯狂到一个人对付我。”

“你做的完全合乎理智。”梅贝特说。

“虽然，”迟疑了一下，尼亚鲁伊继续，“现在我知道，在你背后站着比任何军队都强大的同盟。但现在情况不一样了，我的背后站着武装起来的男人，而你只是一个人，此时真的是一个人。如果我们进攻，意味着你只有死。神要是知道我这样取得胜利，会认为我胜之不武。我了解你的能力，没有神的帮助你也打败了很多人。得承认，我很好奇，为什么命运没让你成为领袖。你可能会比我或比很多领袖更出色。然而这都不重要了，这次你无法拒绝和我一对一。我以人格保证，现在你接受挑战，如果你赢了，继续走吧，没有人再阻挡你。”

梅贝特鞠躬：“你是宽宏大量的，尼亚鲁伊，太宽宏大量了。”

尼亚鲁伊沉默了一会儿，他在想梅贝特的话的意思，突然他好像想明白了，脸变得通红。

尼亚鲁伊跳起来：“为什么是太宽宏大量？你想说战胜我是小事一件？”

“不，我不想说这个。”

“那还有什么，除了这个？”

“听我说，”梅贝特说，“认真听，现在我们两人都想取得战争胜利者的权利，而成功是上帝的花招。特别是一对一时。”

“同意。”

“如果有那么一瞬间你稍一疏忽，我一定会杀死你。我必须这么做。”

“那还用说，”尼亚鲁伊兴奋地、愉快地喊，“哪怕是一个不正确的冲刺，我也会同样这么做，继续说。”

“你无法承受失败的耻辱。我不想在你自杀之后再打死你。你已经死了，而我还活着。”

尼亚鲁伊迎面走向梅贝特，铠甲下的心里欣喜若狂。

“哦，”尼亚鲁伊说，“啊，你不是我想象的那样。你是个光明正大的人。坐下，我们来谈谈。”

### - 上帝的干涉 -

不仅人们之间很难达成一致，就连天堂里也没有和睦。

努姆，上层世界的神，他没有脸，被完美的人包围着，负责审视时间。在梅贝特和死去的战士战斗时，他突然说：

“梅贝特在哪儿？”

这样，母亲控制影子的罪过就暴露了，在此之前，他的命运被描绘成最高等的神。“努姆询问了关于梅贝特的事。”乌里格恩说。

“关于那个影子，你从我这儿拿了什么？我应该怎么回答他呢？”

母亲听到了无脸神的声音。在乌里格恩面前她是无罪的，透明的，却有点不安。

“我把你给的影子放到人间。你给我影子，我负责诞生人。你还要我干什么呢？”

这些话使得乌里格恩大怒，因为母亲的行为意味着背叛。

“让无个性神惩罚我吧，我拒绝和地狱的灵魂在一起，你也不会有好结果的。”

“别威胁我！”母亲说。

“如果怒火倒塌时，你用女人的软弱和不理智掩盖自己的过错，你就错了。他不会原谅你第二次的。记住这一点。”

母亲的脸变黑了，不动了。乌里格恩唤醒了她不愉快的记忆。

很久以前，在创造世界的时候，她是天堂众神之一的妻子，但她迷恋上了凡间的皇帝。事情败露后，母亲痛苦地请求丈夫的原谅，好在她丈夫的醋劲不大，使她免遭了下地狱之苦，出于善心，丈夫把她安排在天堂与人间的分界处。时间流逝，天堂和人间都发生了巨大的变化，但母亲再也没返回天堂，她明白自己的路应该在人间。

母亲转身变成了银色的潜鸟，在空中飞翔，沿着雷雨之路，她看见了梅贝特站着，在他对面是瓦伊诺特的军队，梅贝特和尼亚鲁伊在说话。潜鸟没有降落，而是盘旋在他们的头上，空中响起母亲的声音：

“梅贝特！”母亲呼叫，“你认出我了吗？”

“是你吗，母亲？”梅贝特回应道，他吃惊地抬起头。

“还记得你的诺言吗？”

“记得，我发誓我很敬重你，愿意为你做出任何牺牲，报答你为我所做的一切，我向你保证，我一返回人间就履行对你的诺言。”

“你可以现在履行你的诺言吗？”

“现在？”

“对，就是现在，梅贝特，越快越好。”

无法解释的担忧钳住了梅贝特的心。

“我不明白你的意思，我还没走完所有的丘姆，我不知道能不能走完呢……”

“发生的事，忘了吧！ 没有什么丘姆，没有返回的路，没有赠送的岁月。现在情况变了。天堂发生了变化。”

“变化？”

“是的，巨大的变化。你应该回到天堂，回到乌里格恩身边，再次成为卓越的神。无脸神有意让你这么做。这就是你许诺的牺牲。你要遵守诺言！”

梅贝特的手一下子失去了力气，武器掉到雪里。

“一切都在变好，小伙子，”母亲继续说道，“你会重生，然后长大成人，成为伟大的人，领导人民，给世界带来新知识，宣布最高神的命令，这是你的命。回来吧，小伙子，别再犹豫。我派自己的信使，白脖子的鹰去接你，它带你离开这些灵魂，带你去你该去的地方。”

他们头上刮起强劲的风，信使——鹰靠近了地面，巨大的翅膀掀起白色的极光。

它在距梅贝特一箭射程的一半的位置停下了，无动于衷地看着他们。它只是个信使。

“梅贝特，梅贝特，”响起了熟悉的母亲的声音，“时间到了。放下武器，留下狗，抓住鹰的背，尽量藏到它的羽毛里，不然天上的风会杀死你。快点！”

梅贝特拿起猪刀，伸直身体，召唤沃伊贝利，狗走过来伏到主人的脚上。

“能听到我吗？”梅贝特用尽力气喊，“能听到我吗？让鹰走吧，不麻烦它了，我不想飞上天堂。”

母亲听到了这些话，她迟迟不回答，信使也原地不动。

“听到了吗？”梅贝特更用力地喊，“我不会飞到天堂，不要重生成伟人或小人，我要经过所有的丘姆，活到老。”

再次响起熟悉的声音，但变得如此可怕，他从未听过这样的声音：

“可恶的东西，用你可怜的智慧想想，知不知道你选择了什么？”

“你自己说过，我要面对艰巨的战争，为了自己。我应该结束这场战争。让你的鸟飞走吧！”

空中传来哼唱的声音，梅贝特听到了简单的控制口令。鹰向上飞，瞬间梅贝特看到巨大的爪子落向他，于是梅贝特用猪刀进行了第一次反击，落空了；鹰开始第二次攻击，梅贝特趴到地上，鹰只抓到了雪；梅贝特根据声音判断，顽强地扑向猎物，第三次，他差点就打到鹰，但鹰的爪子钩住了他的皮猴。

再次传来呼唤，但不是从天上。尼亚鲁伊领着军队瞬间包围了梅贝特，形成圆形的盾牌。鹰盘旋着，用爪子抓起了士兵，士兵纷纷倒地，瞬间再次形成一个铁盾牌，鹰的攻击并没有使很多人受伤。

鹰既不懊恼也不愤怒，它没有表现出明显的不满，它也没受伤，继续盘旋和攻击。然而母亲发怒了。她已经明白顽强没带来好处。

而在天堂，乌里格恩已经忍无可忍了。

“梅贝特在哪儿？”他不断地、重复地询问，这让母亲精疲力竭。

母亲只好说：

“这个可恶的东西不想再做卓越的神。他宁愿去死也不回天堂。”

“那么，”乌里格恩说，“对我们来说，梅贝特最好完全消失，在世界上消失、腐烂变成尘土，好像从来没来到过人间。我们会坚决地消灭他，让无脸神认为梅贝特是个错误吧！当出现新的卓越的神的时候，这迟早会发生，让他成为另一个梅贝特吧！”

母亲的沉默表示同意。这是梅贝特无法抗拒的命运。

猜到了沉默的含义，鹰飞走了，受伤的脚不断流出的灰色的血洒满了大地，血在雪里变成了铁块。

死去的、受重创的战士的灵魂聚集起来围着他们的首领。

大地“呜呜”着翻滚起来，好像巨大的野兽苏醒了、发怒了击打着大地一样。

沃伊贝利倒吸了口气。

“基尼·伊基，”梅贝特说，“死亡的统治者，蠕虫和蛇都来对付我们。”

尼亚鲁伊脸发白：

“和死亡厮杀…… 会成功吗？感谢你，善良的神，帮帮我吧！”

母亲可以把梅贝特和他的狗藏起来，把死去的战士藏起来，藏得如此隐秘，以至于上帝、神灵和人都找不到他们，但有一个人能找到，那就是基尼·伊基。母亲想起那个可怕的神，他以前是她的仆人，是个沉默的人。

无论是梅贝特、尼亚鲁伊还是他的士兵都不知道关于他的事。

基尼·伊基是一个神，他有几千张嘴，上千个光秃秃的眼眶作为眼睛，六条大蛇充当手臂，他能散发出凡间墓穴的阴森之气和腐臭之味。他常站在雪橇上出现在士兵们面前，蠕虫组成的挡板遮住他的下半身，雪橇停在那儿，没有任何拉套。

尼亚鲁伊断断续续地喊，死去的战士“轰轰”地挥舞着武器，以逃亡似的步伐迎向对手。他们正在战斗时，死神周围不知何时也不知从何地涌出了闪亮的湖水，湖水越集越多，掀起可怕的波浪，相互冲击，掩盖了水的光芒，仿佛能听到沼泽地的吧唧声。在基尼·伊基旁边没有人。瓦伊诺特士兵们惊慌失措地站起来，但看不到敌人。他们认为死神是统帅，但不知道死神的军队在哪儿。

那不是湖水，那是墓穴里的蠕虫，是基尼·伊基的士兵，没有哪个活着的人能打败他们。他们迎向瓦伊诺特的士兵。瓦伊诺特士兵们不知道该如何打这一仗，他们只挥舞着武器，但很快就清楚了，战争的结局早已注定。

“在那个世界我们已经死了！”尼亚鲁伊冲士兵们喊。

只有他明白该如何打这一仗。

梅贝特亲眼看到，士兵们已经没有力气了，他们想拿起武器，但身体却不听使唤。战士们已经不再战斗，但他们没离开，他们想让蠕虫吃掉他们，让梅贝特利用这个时间逃出丘姆，这是尼亚鲁伊的意思。瓦伊诺特士兵们紧紧靠在一起，包围了黑色的湖水，不让湖水靠近梅贝特。

尼亚鲁伊站在最后，和他并排站着的还有几个士兵。他们还能站住，但随后一个接一个地倒下了。

梅贝特明白都是为了救他，他们才牺牲的。

士兵一个接一个倒下，闪光的黑鬼透过铠甲钻进了士兵们的身体，像沼泽里的泥浆般爬满护臂甲和护腿，士兵们疼得大喊大叫，但很快叫喊声就消失了……

最后只剩下尼亚鲁伊。他握着的长把猪刀的柄被打得粉碎，但他还抓着宽宽的刀刃。他从身上撕下一团黏液，扔到雪里，他的身体也剩下不多了，原来在铠甲下的蠕虫啃噬了他的身体。

每次呼吸尼亚鲁伊都不由自主地叫："公平……公平……"

梅贝特听到了这些，他经历了无法忍受、无法解释的折磨。他眼看着死神"吧唧吧唧"地吞没了优秀的人，吞没了可以锻炼成铁人的孩子。尼亚鲁伊跌倒了，又爬起来，倒退，保护他不被杀死。梅贝特抓住了他的手，想把他拉向自己，但尼亚鲁伊用力挣脱了，转身清晰地命令他：

"你敢！他们会爬到你身上。你再抓一次，我就把自己打死！"

"你会死的！"他喊，但尼亚鲁伊仿佛没听到。

突然梅贝特猜到了什么，为什么，为什么以前我就没这么做呢？他扯开皮猴的领子，抓住木牌，看也没看，扯断几个，扯断了赠送的生命，扔到了尼亚鲁伊前面。蠕虫"吱吱"响着离开了尼亚鲁伊，爬到木牌上，转眼木牌消失了。颤抖的尼亚鲁伊——仰面躺着、蠕动着，头在前——瞬间停下了。梅贝特站着，手里拿着那串木牌，手往后，准备再扔。

“你在做什么？”尼亚鲁伊喊，“快停止你疯狂的举动。这是死神，他吞噬黑暗的岁月，他想吃掉你可怜的木牌。”

手在继续动……尼亚鲁伊效忠的神确信，他的力气已经所剩无几,于是给了他最后命令,让他用最后一口气执行这个命令。

尼亚鲁伊挣扎着，像被渔夫从河里拖出的巨大哲罗鱼，被扔到了河岸边，他变成了弧形的弓，用铁一样的手套打了梅贝特的脸。梅贝特眼前一黑，不知道接下来发生了什么。

“这样更好，”尼亚鲁伊说，“这是对你狡猾的报复，这是对你在战斗中利用女人的惩罚……”

尼亚鲁伊知道自己在做什么，在蠕虫爬到他脸上之前，他微笑了一下，喃喃地叫着。

梅贝特躺在那儿一动不动，沃伊贝利不知从哪儿冒了出来，咬着主人的衣领在雪地上拖拽他。黑色蠕动的波浪没能追上他们。梅贝特的意识恢复时，他们已经在无形的丘姆界限之外，那里死神够不到他。

瓦伊诺特的战士一个也没剩下。基尼·伊基的军队吞没了最后一个，当黑色的波浪懒懒地离开时，梅贝特看到了隐藏在武器下面干净的白骨。

“我的兄弟……”梅贝特喃喃低语，“我的兄弟……”

甚至连北极狐和老鼠在尼亚鲁伊身上也没捞到什么吃。梅贝特跳起来，把那串木牌扔到雪里，对着灰暗的天空大喊：

“喂，有人听到我吗？啊！我后悔活着的时候，没有听你们的劝告。我应该憎恨你们，非常恨。人类的痛苦是你们的娱乐，你们制造的一切都是折磨，痛苦和死亡就是你们的思想。我恨你们的强大，恨自己的渺小。最好让我死了变成腐朽，如果没出生该多好，就不会变成你们的玩物！喂……喂，你听到了吗？你们当中有人能区分善良和邪恶吗？你们当中有人能区分更坏和更好吗？谁能送来幸福？你们当中有人会为尼亚鲁伊心痛吗？”

呼吸中断了，梅贝特跌倒了，他昏了过去。无声的风是给他的回答。

“你们当中没有一个善良的……”他喃喃地说，“我没有庇护者……人没有庇护者……我诅咒你的游戏……”

梅贝特精疲力尽，他号啕大哭，最后痛哭变成了昏睡。沃伊贝利已经虚弱不堪，它使尽最后一点力气叼回那串代表生命的木牌，把它放到梅贝特皮猴的领子里。

前面还剩下两个无形的丘姆，十一个木牌现在剩下八个。

梅贝特不知睡了多久才醒过来，他感到有一双温暖的小手透过皮猴的领子抚摸着他的胸。没人知道他做了什么样的梦，看到了什么。他醒后没有立刻睁开眼睛，当睁开眼睛时，他对眼前的一切惊奇不已。

亚恩德涅坐在距离他几步远的地方，手里拿着那串代表生命的木牌。她依次抚摸着木牌，翻过来调过去仔细地研究，没看梅贝特。

“亚恩德涅……”他轻声地叫。

她抬起眼睛看了丈夫一下，继续笑着仔细端详那些木牌。梅贝特突然觉得，现在眼前的这个人不是妻子，而是那个姑娘，他从奥科泰特族营地偷来的姑娘，是自己让她成了自己孩子的母亲。

“亚恩德涅，”梅贝特爬起来，他还很虚弱，“你怎么在这儿？”

“我想你了，”亚恩德涅说，“你呢，你想我吗？”

“想……”

“想吗？”亚恩德涅重复，她的声音有些颤抖。

梅贝特再次试图站起来，但不能，疼痛传遍了全身，他忍住没喊叫出来，不让人看到他的疼痛。

“我想你，亚恩德涅。为了你我现在才在这儿。你知道，你手里抓的是什么吗？”

她没让他说完：

“你记得我们的孩子们吗？”

“记得。”

“所有的孩子吗？”

“所有，差不多所有的……”

“还记得怎样把他们埋到树洞里的吗？”

“记得。”

“埋葬他们的时候，你好像一点也不难过……”

梅贝特没能马上回答。

“不要回答，”亚恩德涅说，“我知道你不难过。”

她的声音变得冷冰冰。

“你还记得你让我成为箭下的诱饵吗？”

“你自己要求的。”

“是的，是我自己要求的。”泪水滑过她苍白的脸，亚恩德涅迅速地擦掉眼泪，“女人要什么你都会给她吗？”

她沉默了一会儿。梅贝特在等待，他明白在返回的路上，他应该忍受一切。

“别回答，不需要，”她继续说，“可我记得，你怎么欺骗我的。这样的事很少，因此每次我都记得。你想赶走我的不安的时候你的温柔才会出现，如同用刀子扎鹿的心脏之前安抚它一样，因为不安影响你，让你发抖。”

“亚恩德涅……”

“你想安慰女人，拉她靠向自己，你想让狗安静，用棍子打它。而你甚至不打我，像原始森林人做的那样[1]！”

她大叫，放肆地、报复似的哈哈大笑。

“你从来没爱过我，从来。”

“没爱过，我没爱过任何人，但我珍惜你。”

亚恩德涅的仇恨停止了。

“记得哈德科吗？他妻子是对的，他比你强，他不怕你。”

梅贝特想再次站起来，亚恩德涅跳开了，好像很害怕和他在一起。

“听我说，我的妻子，听我说。”他想尽量平静地说。

“你手里拿着的是赠送给我的八年时间。我不知道你是幻象还是真实存在，但相信我，我经历了所有考验就是想返回到你身边。八年——不算多，我们将过和以前不同的生活。我不再是上帝宠爱的人，我将是一个普通人，像他们一样为高兴的事高兴，像他们一样为伤心的事伤心，我将偿还所有债……”

梅贝特晃晃悠悠地走了两步。亚恩德涅再次躲开，用完全



1　译者注：原始森林的男人经常打女人当消遣。

陌生的口气喊：

“债？那么我想知道你怎么还给我众多债中的一个？”

“哪一个？”

“你割下了我的头！”亚恩德涅刺耳地尖叫。

那个人不是梅贝特的妻子，雪变成了龙卷风的柱子，从里面飞出另外一个女人——独眼巫婆。她在梅贝特的头上来回走，刀割般的笑声、咒骂声淹没在狗吠里。

“你用刀子割下了我的头……你使我成了大家嘲笑的对象……还用脚踹我…… 用什么能偿还这些？什么？”

她摇晃着那串木牌，梅贝特握住了长把猪刀。

“来抓我啊，上帝宠爱的小人，你的弓呢？你用什么抓我？”

梅贝特拽出刀说：“别忘了是你做的恶，差一点毒死我儿子。你想多少能补偿你的头？”

独眼巫婆在空中来回走，装饰皮猴的画有犄角多叉鹿的带子随风飘动。

“我原谅你割下我的头，”她说，“另一件事你要补偿我。”

“不明白你在说什么……”

“我提醒你一下。”

巫婆很快站起来，画了一个巨大的圆圈，瞬间她好像消失了，回来时变成了另外一个人。

她变成了一个脸蛋白皙的美丽姑娘，个头不高，穿着新皮猴，上面装饰着毛和珠子。

“你不记得这样的我吗？”她在梅贝特头上盘旋，但已经不那么快，以便让梅贝特看清，巫婆实际上曾经非常美丽。

“当然，你怎么会记得我！而我却记得你。每个节日上，为了让你能看到我，为了进入你的视线，我忘记了害羞。可你总是翘鼻子，你怎么能看到我呢。你从你的高度俯视别人。”她又画了个圆圈，距离如此近，梅贝特一伸手就可以抓到她，但梅贝特没有动。“我是萨满的孙女，我的人生之路是被规划好的。然而你毁了一切，我看到你的那一刻就毁了。你二十岁那年夏天，独自打死了熊。记得吗？不，你不记得。从那次节日后我就剩下一个想法，和你在一起，拥有你！这不仅仅是爱情，这也是公平。我的手里掌握着人的灵魂，而你是人们中最好的，上帝宠爱的人，好人应该和好人结亲，应该强强联合，难道这不公平？我曾幻想你把我偷走，可你偷了别人，我曾穿上最好的衣服，但你不稀罕看，我曾在你面前和其他姑娘一起舞蹈，你的眼睛却停留在别的姑娘身上。”

巫婆又画了个圆圈。

“奶奶死了，我接替了她的位置，不能再像常人那样生活了，不能参加节日宴会，不能跳舞，不能化妆，可我仍然不能忘记你。我将学会的所有法术都用在了你身上，我向你派出灵魂，我在明亮的丘姆和黑暗的丘姆作法，希望能看到你的心，我煮了草药，对它们说咒语，这些咒语可以让树木死掉。我偷偷地把这些汤汁洒到你的武器上，还在上面洒下了疾病，希望你生病时或打猎失败时能来找我，但你没来。我们之间仿佛存在着某种力量，你的心对我来说是黑暗，我派出的灵魂回来了，但什么也没带回来。煮草药只污染了空气，疾病如同铁打核桃一样消失了。成功没有改变你，但情况变得更糟了！”

巫婆腾空而起。

“更糟的是，一切都返到我身上。魔法离我而去，我变成了普通人。如果没有后来发生的最可怕的事，我宁愿用魔法支付爱情。有一天我醒了，但不能睁开眼睛，就是这只，左边的这只。谁也认不出我，所有人都以为那个姑娘死了，然而在森林里出现了巫婆。我自己传播消息说独眼巫婆诞生了。但你看看，看看，我曾有双什么样的眼睛！”

她把脸靠近梅贝特，他看到一对眼珠如绿色的宝石镶嵌在耀眼的冰上，被乌黑发亮的睫毛包围着。

“你受苦了。”梅贝特说。

“是的，受折磨了，但这我也能原谅。”

姑娘转过身，又变成了那个他熟悉的难看老太太。

“甚至你来杀我的时候，你都没听我说话。你嘲笑我，打死了我。”

“我是去杀独眼巫婆！说吧，你不能原谅我什么？”

巫婆哈哈大笑起来，她边画圆圈边说：

“什么也不原谅！什么也不！还有自己！不原谅那个奥科塔族听话的废物！不原谅，你不知道疾病，能让人疯狂的病，导致罪过和死亡！你没经历过这些折磨，所以现在你要偿还！偿还，像我一样地偿还，用自己的魔法、自己的畸形、自己的头！偿还一切、一切、一切……”

巫婆摇着那串木牌盘旋。

“这是你的生命，可怜的木牌。现在它们是我的了。一切都要结束了。你将被送到地狱，你的老婆子就让她去砍柴、拉雪橇吧！她、你的儿媳妇、你的孙子将吃残羹剩饭，不，残羹剩饭首先要拿来喂狗，他们吃不到。”

巫婆这样盘旋着，摇着代表梅贝特生命的木牌。她的心里涌上甜蜜的痛，这种痛使她头晕。她在空中画来画去，好像既看不到人也看不到狗。她没看到，当她飞来飞去快接近地面时，梅贝特拿起了猪刀差 点扎到她肚子。

“想打猎？”巫婆逗弄，“让我们看看，你是个什么样的猎人！”

她比声音还灵活多变，因为没打着，梅贝特感到懊丧。她盘旋着哈哈大笑，突然沃伊贝利跳起来用牙咬住了那串木牌。

巫婆在空中，狗向雪里拉那串皮条，皮条被拉断了，梅贝特扑向他们。但巫婆吹起了哨子，人、狗听到了哨音就眼前发黑，身体抽搐成一团。

巫婆逃跑了。

她飞得不快，以便梅贝特能长时间看到握在她手里的木牌。

他们经过了第十个丘姆。梅贝特的皮猴领子下已经空空如也。

“我没地方去了。”他说。

沃伊贝利走近主人，放到雪地上一块极小的木片，这是犬牙从木牌上扯下来的。梅贝特捡起它无动于衷地看了看。

“它代表多少时间？”他好像在问自己，在手掌里称了称。

“给我看看。”沃伊贝利请求。

梅贝特把手掌放到它鼻子那儿。

“如果按留下的记号，”狗说，“一个记号代表一个月。这个，不知道是五天还是七天。”

## - 最后一个丘姆：叶扎恩加 -

他们继续向前走，终于碰见了人。他坐在一个从松树上掉下的很大的树杈上，脚在空中晃荡，脚上穿着破旧的翻毛皮靴，低声唱着老唱不完的歌，只有他自己能听懂。看到他们，那个人停止了歌唱。

“你好，梅贝特！”他高兴地喊，“你的狗真是太棒了，我很早就想有一只这样的狗。我怎么能有这么好的狗呢，它们很贵……我在这儿等你很久了，很高兴见到你，和我坐一起吧！”

梅贝特认出了这个人，在那十个丘姆发生的事从他内心飞走了，不再存在了。

在他面前的是叶扎恩加。梅贝特仔细回忆过去的生活，像数穿了线的珠子一样，欺骗自己，默默地欺骗，诡秘地希望道路不要把他引到那一天，他不喜欢想起的那一天，差不多已经忘记的那一天。但道路还是把他引到了那一天，那一天就在他面前，就在世界的出口处，这是最后的考验，出现了那个穿着破翻毛皮靴、打补丁的、有油渍的、发黑的皮猴的人。

梅贝特想起了他们签订幼年婚约的那天，叶扎恩加也这样坐在他的营地，腿晃荡着，唱着歌。

为这事亚恩德涅准备了酒席，把鹿腿搬到丘姆里，经过丈夫身边时，她责备他说：

“你可找了个好亲家……”

梅贝特微笑了一下：“他就这样，将就吧！”

叶扎恩加是内瓦夏达族的穷人，是个荒唐的人。他的绰号叫“缠在套索里的人”，原始森林和冻原地带的人长时间地嘲笑这个绰号的来历。

很早叶扎恩加（那时他有另一个绰号）就想结婚，在节日上他注意到一个姑娘，很漂亮，穿着贵重的皮猴。他看了她很长时间，在人群中他揉搓着自己的身体，从一侧观察姑娘，又从另一侧观察，心满意足地看过之后，碰了一下坐在他旁边的一个认识的小伙子：

“多美的姑娘啊！”

他说得如此大声，所有人都听到了。“嗬，太漂亮了！衣服也好看，看得出，她父母很富有。我多想和她结婚，我多想和她结婚啊！”

小伙子忍不住“扑哧”一笑。叶扎恩加不仅穷，而且外表也不英俊，甚至有点可笑，他个头不高，腿有点弯，走路时蹦蹦跳跳，他的颧骨很宽但眼睛很小，可能，上帝也想用张皮把这张脸盖上。从这张脸上很难区分有没有微笑。虽然他笑的时候比严肃的时候要多，他看到任何人都像看到久别重逢的亲人般高兴。他不会区分大人物和小人物，他和尊敬的人说话就像和小孩子说话，而和小孩说话却像和值得尊敬的人说话。他不唱歌不走路，但谁也不明白他唱的什么歌。

“你在唱什么？”有时人们问他，“给我们唱一个。”

“你看松鸦在飞，”叶扎恩加用手指着天，“现在唱一首关于松鸦的歌。”

善良的人们说他是个傻子，毫无用处的人，跟着他的家人

也要遭罪了。（这不是真相，叶扎恩加是个很优秀的猎人，也很会管理畜群）

那个小伙子笑了，但隐藏了自己的想法。

“那就结吧！”他说。

“他们会给吗？”叶扎恩加问，“我可是个穷人。”

“不会，不会给，”小伙子说，“肯定不会给。那可是雅普吉科的姑娘，我认识她父亲。他的鹿比你的头发还多。你看，她多漂亮！她父亲会要一大笔彩礼的。不，不会把她给你的。”

“那你还说什么结呢！”叶扎恩加生气地说，“嘲笑我吗？”

“我没嘲笑你。我在告诉你怎么做，你把她偷出来，然后，一年后，去和他父亲和解。很多人都这么做。”

“我从来没偷过姑娘。”

“你想吗？我帮你。”

“帮帮我，”叶扎恩加卑躬屈膝地恳求，“我实在太想有个漂亮妻子了。我会爱她，从来不生她的气。一年只打她一次，或更少……帮帮我，好吗？”

那个小伙子和自己的伙伴们商量好准备和叶扎恩加开个玩笑，而且他们也这么做了。他们对叶扎恩加说，他们领他到那个姑娘居住的丘姆，然后带着雪橇在附近等他，以便乘坐它逃跑。然而他们打算的是，他们拿着棍子藏在旁边的丘姆里，当叶扎恩加去偷姑娘时，他们就闯进去揍他。

然而叶扎恩加捉弄了这些小伙子，看来，这是命运的安排。

跳出埋伏，他爬进丘姆，但眼前的不是他想要的姑娘。那个姑娘的姐姐正在里面用荨麻织网，已经织了很多了，丘姆里到处都挂着网。叶扎恩加没看清里面是谁，就扑向了姑娘，姑娘吓得尖叫，用网挡住自己。由于恐惧叶扎恩加的手一顿乱挥，手和脚都缠在网里不能动弹了。

旁边丘姆的小伙子们拿着棍子在等着，"嘿嘿"小声笑着，然而没有发现人。然后，他们听到尖叫声，很大的尖叫声，有个姑娘在喊救命。他们奔向声音，看到了丘姆里发生的事。他们开始喊人，来了很多人，最后姑娘的父亲出现了。

"你在这儿做什么？"他问。

"想偷你的女儿，和她结婚。"被网缠着的叶扎恩加老实地回答。

人们笑了,在他们嘲笑可怜的小偷时,织网的那个姑娘哭了。

她长得既不像父亲，也不像母亲，不知道像谁，和叶扎恩加一样，她长着宽宽的颧骨，腿是弯的，甚至背也有点弯。所以她既得不到漂亮的衣服，也得不到父母的爱抚。她听到人们的嘲笑,小偷想偷她漂亮的妹妹,却跑到她这个不漂亮的人这里,因此她哭了。当人们笑够了，雅普吉科的年长者说：

"按规矩理应好好打你一顿。但我不准备打你，我把女儿给你。你袭击了她，那就带她走。你们彼此非常般配。彩礼你能给多少就给多少吧！”

人们再一次笑了，而姑娘却哭了……

“看来，这是我的命，”叶扎恩加说，“帮我解脱出来。”

听了这些话后，姑娘停止了哭泣，开始帮叶扎恩加从网里解脱出来。从那一刻起他有了另一个绰号“缠在套索里的人”。

叶扎恩加把姑娘领回自己的营地，他父亲为此用鞭子抽他后背，因为他想结婚没得到父亲的允许。第二天父亲一边骂一边挑选了五头鹿，然后把它们赶到了雅普吉科的营地。一年后他父亲死了，留下了叶扎恩加、母亲和那个年轻但不漂亮的妻子。她后来生了孩子，他从没有生过她的气，一年打她一次，或更少。

当梅贝特知道了叶扎恩加结婚的故事时也笑了。

在那场奇异的婚礼发生十年后，叶扎恩加出现在了梅贝特的营地。

“你好，梅贝特！”叶扎恩加喊，仿佛遇见老朋友似的，喜笑颜开，“你的营地真好，哦，太好了，鹿皮都是新的，妻子又漂亮，孩子也很好……”

后来梅贝特知道，这是叶扎恩加的习惯，夸耀他看到的一切。正好这时妻子和两个女儿就在旁边，第三个女儿，还是婴儿，在摇篮里睡觉。如果这时狗跑进来，恐怕也会得到叶扎恩加的夸赞。



“你也好，”梅贝特回答，不速之客的样子让他感到高兴，

“你怎么来了？”

“啊，为重要的事而来，非常重要。”

叶扎恩加俯下身，手忙脚乱地去解滑雪板上的皮带，解开之后，蹦蹦跳跳地靠近梅贝特，他距离梅贝特如此近，以至梅贝特往后退了一步。

“有好事，有重要的事对你说。我有两个女儿，还有一个儿子，他已经五岁了。不久之后我就要把女儿嫁人，现在听到有人说，因为我的妻子不好看，所以我的女儿也不好看，有谁会要。然而她们根本不是像人们传说的那样不好看，你可以自己去看，我有多么好的女儿。一个已经能很好地唱歌，而另一个……”

“为什么来这儿？”梅贝特重复道，他已预感到客人要开始空洞的闲话了。

叶扎恩加有一点儿不安，已经没那么勇敢了，继续说：

“我来，我来是为了…… 我是个穷人，鹿很少，少到去年冬天勉强能去别人那儿。然而上帝没有纵容邪恶，慢慢我活过来了。有时，我考虑儿子结婚的时候用什么当彩礼呢？我想啊，想啊，想起了你！听人说，你有三个女儿。这个，”他指了指那个抓住梅贝特大腿的女孩，“几岁了？”

“和你有什么关系？”梅贝特问。他猜到了叶扎恩加的用意，但不相信自己的猜测。

“怎么没关系！我儿子想向你女儿求婚。按照幼年方式的，也就是订婚。另一种方式，对不起，我做不到。”

通常穷人、鹿少的人和无力支付全部彩礼的人会采取幼年订婚的方式。在孩子三岁或五岁时订婚，有的甚至在婴儿时就订婚，到女儿成年，可以生小孩的时候，未婚夫的父亲有义务分几次向女孩的父亲支付彩礼。有时，不是穷人的人也采用这种方式订婚，常常是在不幸的岁月，如森林里瘟疫或鼠疫在畜群中蔓延，或者有其他部落的人攻击或偷走妇女时。那时女人是很值钱的，她们的父亲可以不害羞地索要几百头或更多的鹿，还有兽皮、铁器、衣服或铜锅等。

梅贝特哈哈大笑，声音如此大，孩子们受了惊吓一动不敢动。

“老婆，”他透过笑声喊，“过来！有人来向你女儿求婚了。出来见见亲家。”

亚恩德涅从丘姆里出来，皮猴的袖子被卷了起来，手和胳膊肘上都是血和鱼鳞。她听到了谈话（叶扎恩加不会小声说话），她的心里充满了恐惧。像所有母亲一样，她认为自己的女儿是最好的，希望女儿嫁到好人家，因此叶扎恩加的到来没让她高兴，而让她生气。她内心里怯生生的希望和恐惧在斗争，她希望丈夫，上帝宠爱的人，不同意这桩可笑的、甚至可耻的亲事。但希望在恐惧面前是如此微小。这已经是她第四次生孩子了，第一个孩子在出生时死了，其他的活下来了，但都是女儿。梅贝特越来越懊恼，他没有儿子，已经毫不隐瞒地说，要偷个姑娘做妻子，把她赶走，因为，他不喜欢营地里有这么多女人。她知道，无论梅贝特怎么决定，她只有服从。

对亚恩德涅来说更糟糕的是梅贝特不会开玩笑。

“随你的便。”她低沉地说，她的回答让梅贝特很不高兴。

恐惧应验了。

“什么？这是好事。”梅贝特愉快地说，友好地拍了一下叶扎恩加的肩膀，“给多少彩礼？”

“马上赶来五头鹿！五头，马上！”客人喊着跳起来，“再加两张兽皮，三张兽皮。”

亚恩德涅没说话。

“女主人，”叶扎恩加喊，“我的儿子非常好！会唱歌，会跳舞，自己已经会做活扣……”

“听到了吗？五头鹿！”梅贝特哈哈大笑。

“以后……”

“以后，听到了吗？每年生个女儿，靠彩礼我们就富有了。不用去打猎了。不要儿子了，要儿子干什么？”

亚恩德涅用脏手捂住了脸，躲到了帘子后面，从那里传来了她的哭声。

叶扎恩加的脸因兴奋而闪闪发亮。

“没什么，哭过了，以后就好了，你会看到的。”

愉快的情绪突然从梅贝特的脸上消失了。

“为什么你来到我这儿？难道你没听说我是什么人？或者，在森林你没找到合适的人？”

叶扎恩加慌张起来：

“这样……人们说什么的都有。我没听他们的，我自己看到，你是个非常好的人，漂亮的人，而且还有女儿……”

“这个，”梅贝特指着大女儿，“三岁多快四岁了。娶她，你给四十头鹿。”

颧骨上的皮肤滑向没有牙的嘴唇，叶扎恩加的眼睛变得很大。他的脑海闪出这个力所不及的数字，重复着：“四十头鹿，四十头鹿……”

梅贝特打断了他：

“拿四十头鹿娶梅贝特的女儿那就是白得。”

脸上的表情没变，叶扎恩加重复：

“白得……”他看着梅贝特天蓝色的眼睛大声说，“四十就四十。你是个漂亮的人，非常漂亮，我喜欢漂亮的人。”

他们击掌，这样韦尔族的梅贝特和内瓦夏达族的叶扎恩加签订了幼年婚约。

几天之后，五岁未婚夫的父亲把五头鹿和两张兽皮送到了三岁未婚妻父亲的营地，并答应每年都送这么多，直到付清彩礼。婚约让叶扎恩加很高兴，他吃饱了，很满意，又开始唱歌，坐在树杈上，晃荡着脚……

那年秋天，下第一场雪的那天，三岁的未婚妻莫名其妙地爬上了高高的仓房，从上面掉下来，头砸在尖锐的石头上，未婚妻死了。叶扎恩加不知从哪儿知道了这事，第二天迅速地来到梅贝特的营地，和亚恩德涅一起哭，“哎，不要哭了……不要哭了……她在我们的泪河里飘荡……我们的眼泪会让河水上涨……不要再哭了……”

“十足的傻子。”看着叶扎恩加，梅贝特想，但没有仇恨。那天他提议把另一个一岁多一点的女儿给叶扎恩加。

叶扎恩加同意了。

然而三岁未婚妻的死只是大灾难来临前的预兆。原始森林经受了双重瘟疫，牲畜和人都不断死去。梅贝特的鹿没被感染，但春天来到之前,他的两个女儿都死了,梅贝特成了没孩子的人。叶扎恩加同样又来了，他哭了，他家感染了瘟疫，本来就少的畜群被毁灭了，母亲也死了，妻子和孩子还活着，但饥饿严重地威胁他们的生命。

妻子喊叫起来，叶扎恩加试图用语言安慰她。他说，可以靠打猎活下去，其实他自己也明白这是毫无意义的。神对人类发怒了，伴随着瘟疫，原始森林也开始消瘦，野兽越来越少，在打猎上狼比人更成功……

妻子开始唆使叶扎恩加：“既然梅贝特没有女儿了，让他把五头鹿还给我们。”

“你说什么！”叶扎恩加直摆手，“用鼻子在想事情吗？婚约不能退。”

但妻子固执地尖叫起来，从中可以听到完全合乎情理的语言：“五头鹿尽管很少，不是畜群，但没有它们我们就会饿死。”

“你说过，梅贝特是个善良的人，”妻子号哭着，“不按习俗，善良的他也会给我们五头鹿。”

最后妻子的哭泣战胜了叶扎恩加，他打起精神，出发去梅贝特的营地。

他的样子和他的绰号相符——缠在套索里的人。他开始闲扯，还没来得及提出请求，梅贝特就明白了：

“婚约是不能退的，难道你不知道吗？”

“知道……”

“那为什么还来？”

“妻子折磨得我难以忍受……”

“让妻子安静下来。”

“所有人都痛苦，梅贝特，所有人……五头鹿虽然很少，但也是畜群，有可能，在这基础上我们可以勉强活下去，我们将会感激你……”



梅贝特笑了：“你以为我需要你的感激，需要你和你难看的妻子的感激吗？”

叶扎恩加咽下发苦的口水，准备离开，但还是请求：

“为什么你不想给我鹿，梅贝特？不想破坏习俗吗？”

“我就是习俗！”

“给我，”叶扎恩加可怜地恳求，“我不对别人讲。”

叶扎恩加只到梅贝特的胸那么高，梅贝特抓住他的肩膀，把他转过来，背冲自己，轻轻地一推，叶扎恩加踉跄了几步差一点趴到雪里。

“再别要了，”梅贝特说，“别再来了，婚约结束了。”

叶扎恩加空着手回到了家。

他是个父亲，和梅贝特同龄，但还是和以前一样，不能区分长者和幼者、强大和弱小。所有人对于他来说都是好人，尽管人们嘲笑他是缠在套索里的人，但他不怨恨人们，也不想报复他们。让他伤心的是，没成为亲家的亲戚没有一点善心，因为他的畜群几乎没遭受损失。

接下来的情况更糟糕。吃光了最后的积蓄，叶扎恩加只打到了小鸟、雌黑琴鸡或榛鸡，有时什么也打不到。快开春的时候，他们已经开始挨饿，妻子和孩子饿得走路都晃荡，他们把最后一块肉留给了叶扎恩加，让他有力气去森林里打点什么，很快最后的吃的都没有了。他们想去投奔妻子的亲戚，但亲戚住得很远，他们没有力气拖雪橇，有可能亲戚也不接纳他们，听说，他们自己有一大半畜群已经被毁灭了。

有一天叶扎恩加的儿子再没醒过来，晚上要吃的，没得到满足，在梦中死了。这之后妻子好像神经错乱了，都是为了那五头鹿。

“如果不是五头，哪怕一头，一头……宰杀了，熬点汤，然后啃点骨头，我们的儿子也能活下来……是梅贝特杀了我们，儿子没了，女儿也没了。”

这个想法进入了叶扎恩加简单的头脑和被压抑的心，按照习俗鹿是属于梅贝特的，但事实上是属于他的。人活着是最重要的事，如果死了，还有什么可言？为什么需要死人？实际上有这五头鹿他们可能会熬到夏天，儿子也不会死。

这个想法在心里扎下根就不曾改变过。他埋怨过，但变得勇敢了。一天早晨，他没有和妻子打招呼就步履蹒跚地去找梅贝特。他靠近营地时，内心被甜蜜的香气搅浑了。香气是从锅里飘出来的，弥漫在森林里，两个丘姆里肉和骨头在锅里沸腾着。梅贝特准备去游牧，命令煮很多肉带在路上吃。这有点奇怪，但他接受了妻子的劝告，决定远离污秽的地方。

叶扎恩加进入了丘姆，没经主人允许坐在了门槛上：

“我儿子死了，梅贝特。到春天我们一家人都要死了。给我鹿，实际上它们是我的。”

他这样坐着，等待主人的回答。突然亚恩德涅说：

“把鹿给他吧，梅贝特。痛苦装满了桦树皮盒子的时候，就会扩散给人们……不要扩大痛苦，给他鹿，我们不是还有很多吗？”

梅贝特站起来。

“走吧，”他对叶扎恩加说，“给你实际应该给你的。”

梅贝特把他推出了丘姆。

他们走到了丘姆后面。叶扎恩加步履艰难地跟在梅贝特后面，他以为，他们是去牲畜圈，在那里他会得到救命的鹿。

梅贝特压根没打算给他鹿。不是因为习俗，只是他的意志不同意。他想狠狠地揍叶扎恩加一顿，让他以后不敢大老远跑到他的营地。梅贝特的心就是这样的，他不能接受痛苦，幸福的人的心理应是这样的。他的心仅仅接受了懊恼，因为原始森林弥漫的巨大的痛苦、懊恼流入心里，影响了生活，需要安慰。叶扎恩加的脸就是懊丧。

“这么说实际上它们是你的吗？”

叶扎恩加明白了等待他的将是什么。

“别打我……不然我会死的……我太虚弱了……”

梅贝特又打了他一下，他在等待回答。

“别打我，梅贝特，”叶扎恩加软弱无力地重复……突然小声说，“要知道你也会死的……”

“我吗？我——会死吗？”

梅贝特喊叫了这些话，但自己已经什么都看不见，什么都不记得。在他生活中第一次仇恨像失明的黑暗一样震得他发聋。他忘乎所以地打叶扎恩加，既听不到他的喊叫，也听不到自己的喊叫。

叶扎恩加停止了喊叫，而他却没注意到。当他感觉到脚踢不到东西时他清醒了，梅贝特停了下来。叶扎恩加没有了呼吸，他死了。

他是第一个也是唯一一个梅贝特打死的人，不是因为生存，而是因为虚荣心。他把叶扎恩加当成了祭祀，如同切割白鹿为了取悦神一样[1]。

祭品被上帝感激地接受了。梅贝特的心像小鸟一样，好像被一双巨大有力的手抓着不放,叶扎恩加不再说话了,手放松了，小鸟轻轻飞出，迅速向上飞，又变成了幸福的、轻盈的鸟。

之后，很多年过去了，梅贝特经常想不起被打死的那个人，他差不多忘记了他，但关于心灵解脱的回忆经常光顾他。他承认，回忆让他感觉荒谬，但还是引起秘密的、被禁止的愉快。在祭祀后的第一天和第一个月这种感觉特别强。

梅贝特返回了丘姆，故意装作阴沉，好让亚恩德涅看不出



1　译者注：在重大仪式上宰杀鹿是俄罗斯北方民族一个普遍的传统。因为鹿是非常值钱的，也是他们生存的基础。但梅贝特的行为更可怕，他把人当成祭品。

他不可名状的高兴。

“你把鹿给他了？”妻子问。

丈夫没回答，钻到兽皮底下睡着了。

“那是给了。”亚恩德涅想，以后也没再问。

从那以后原始森林没人再听到有关绰号“缠在套索里的人”的消息，当然，人们也不感到奇怪，解释很简单，他让瘟疫给带走了。叶扎恩加的家后来怎么样，梅贝特不知道，虽然听到传闻，有人看见了叶扎恩加难看的妻子在别人家，但梅贝特对这个不感兴趣。

所以现在叶扎恩加坐在他面前，出现在世界的边界，在雷雨之路最后一个无形的丘姆边，梅贝特心里明白，他能否返回人间取决于“缠在套索里的人”。

“你好啊。”梅贝特低沉地说，坐在了他对面。

“什么话！”叶扎恩加委屈但不乏愉快地说，“坐到我旁边来，我们聊一聊。”他动了动，让出地方，“而我，你知道，无人可聊，一个人坐着太寂寞了。”

梅贝特站在原地，在沉默中度过时间。突然梅贝特感到恐惧，不是由于报仇的预感，而是因为期待什么令人厌恶的秘密。

“哎，嗬，”叶扎恩加停止了晃动脚，“看来，你不想和我聊，可惜……”

“我该说什么？”梅贝特无力地说，但叶扎恩加按自己的方式理解这些话。

“难道没什么可说的？我在这里很久了，而你刚刚才来。像孩子一样，讲讲，妻子怎么样，畜群怎么样……善良的人们总是有可谈的。”

“我不是个善良的人，叶扎恩加，而且从来也不是善良的人。”

“喊……你不要这么想。所有人都是善良的，只是他们不总是能做到……”

“什么，不总是？”梅贝特站了起来。

“哦！”叶扎恩加激动地叫，“来，我们谈谈，可你不想……我说，人们不总是能做到善良，总有某些令人厌恶的事影响人。如，你去打猎，而狼从套子里逃跑了，所以你发脾气。曾经有一次，我掉到了结冰的河里，滑雪板也断了，我全身湿透地回到家，不知道怎么捡了一条命，妻子还没做好饭，我就照她后脖梗子使劲拍了一下！去打猎时还是善良的，回来时就变得不善良了。浑身湿透而且滑雪板断了，这个时候人怎么可能是善良的！所有人都是这样，他们其实都是善良的，但太多令人厌恶的事影响他们。”

梅贝特听了叶扎恩加的话，充满了不安。

“你是真的这么想吗？”

“我为什么要撒谎？”没有激动不安，叶扎恩加继续说，“我的智慧到舌头的路很短。如果你想知道，那我告诉你，我不怪你。那时你不称心，而我使你难以忍受，所以你发怒了。其实你是善良的。”

“你所说的，不是这样的。”

“可能是吧，我可不是个聪明人……”

叶扎恩加突然跳到雪上，边活动发麻的腿脚边踏了几步。

“你应该回家了，”他说，“走，我送你。”

说这话时他没有看梅贝特，用自己蹦蹦跳跳的走路姿势走在梅贝特前面，梅贝特只好勉强跟着他走。

叶扎恩加没有东张西望，开始唱自己的歌，突然他停止了歌唱，抽搐起来，好像被隐匿在暗处的冷箭射中腹部一样。他弓着腰转过身来，梅贝特看到了和以前不同的叶扎恩加，他的脸扭曲着，因痛苦变得更丑陋，他的呻吟刺耳又恐怖：

“为什么你打死我？因为什么你打死我？为什么？为什么？为什么？”他非人般地号哭，“我想活……我非常想活……从出生起我就想活……当我活着的时候，我想活……当遇到灾难时，我还是想活……当你打死我的时候，我仍然想活……直到你最后一击，我还是想活……你明白这点吗？”

他的眼睛滚动着，变成了白色，脸变得毫无生气，叶扎恩加跌倒了，他在地上翻滚，像狼一样嗥叫：

“我想活……活……吃饭、喝水、爱女人、睡觉、醒来……

唱歌和沉默……说话和笑……进出丘姆……爱孩子……打松鼠和抓鱼……看星星……围着火取暖……我想这一切，我爱这一切……我平凡的生活影响你了吗？”他跳起来对着天空大喊，“上帝，我平凡的生活哪儿影响梅贝特了？所以我喊叫，如果我能喊。但这样的喊叫你都不让……”

梅贝特想到沃伊贝利咬下并装在火绒小袋子里的木片，他双膝着地，解开皮带，寻找木片，找了很久，用指甲取出它，放在颤抖的手掌里，伸向叶扎恩加：

“这就是我剩的全部。几天时间，五天或更少，只够我到营地，死在家里。我没做完事情，我的孙子、老婆还有儿媳都留在那儿……”

“让他们留在那儿吧！”叶扎恩加抓走了木片，“让他们去求人或饿死，如果没死，就尽情地吃残羹剩饭。他们的命运将和我的孩子，和我亲爱的、难看的老婆一样。你一点都不知道他们的消息吗？”

“不知道。关于孩子们我不知道。听说，有人看见你妻子在远方的营地。”

“她在这儿！”叶扎恩加凶狠地喊，“当一列人的灵魂四处奔走经过我身旁的时候，我看见了她，但没看到孩子们……他们可能还在人间……”

叶扎恩加沉默了，被弄坏的脸抽搐着，整个人变得虚弱，软成一团，他陷入了深思，不断地眨着眼睛，眼里有被点燃悲伤的水，但梅贝特没看见眼泪。梅贝特这样站着，保持着伸出的手的姿势，不准备打断叶扎恩加的沉默。

“这是剩下的全部，”他轻声地说，“神赠给我的全部，根据意志你可以夺走。拿着木片，可能，它会使你的灵魂得到安慰……”

沉默了一会儿，他补充说：“我也一样。”

叶扎恩加站起来，用自己的手抓着梅贝特的手指：

“做人很可怕吗？”

那已经不是叶扎恩加的声音……

到这儿，梅贝特从雷雨之路返回人间的故事结束了。

## - 幻　　象 -

那个站在他面前的荒诞的人碰到了他的手，深深的黑暗包围了梅贝特的眼睛，他的身体停止了接触空气，听觉陷入了软软的像稠密的苔藓一样的寂静。他还是能看见和听到，但不像常人那样看见和听到。

“梅贝特，”空中传来了声音，“梅贝特，你能听到我吗？”

“你是谁？”他问。

“别问，地球上的声音不合适听我的名字。你是未来世界卓越的神，所以，听我说，世界在自己的基础上是不完美的，因为没有人能想出解决苦难的办法。一切都将重复，所以我要重建世界，在没建成我理想中的样子之前要摧毁旧世界。到那个时候痛苦将是人的道路。你能理解我吗？”

梅贝特没回答。

“走，登上去，”声音继续着，“痛苦在洞穴里尽情折磨人，它把石头滚到靠近入口的地方。因此人只能击打石头，却出不去。能解救人并挪开石头的那只手叫作仁慈。通过仁慈，人才能活着。”

“如何我能登上仁慈，如果我只剩下几天的时间？”

“不要想这个，”那个声音说，“只要听到，不要担心怎样才能到人间。明白我的意思吗？”

“明白。”

“走吧！……我可怜的儿子，我被忘记的儿子。”

声音静下来了。震动灵魂的雷声在空中“隆隆”地响，道路消失了，梅贝特出现了，狗沃伊贝利出现在被打死的灰熊的窝旁边。

## - 上帝宠爱的人的早晨 -

在去原始森林后第三天梅贝特返回了营地。他的返回意味着胜利，然而这次胜利没有任何见证物。他甚至没带雪橇，因为不是去打猎，而是去打死杀害儿子的凶手。妻子和哈德涅知道这些，所以她们没提多余的问题。但塞弗塞勒靠近爷爷问："为什么你没把熊头或熊掌带回来？"

梅贝特笑了，抚摸着孙子浅色的头发，他什么也没说。

他吃了很多煮熟的鹿肉，然后睡了。

比平常醒得早，梅贝特醒来后拿着斧头去了原始森林，但离家不远。亚恩德涅和哈德涅坐在丘姆里做针线活，能听到森林里传来斧头砍木头的声音。

"难道我们准备的木柴还少吗？"哈德涅问。

"他更清楚自己在做什么。"亚恩德涅说。

日落的时候他一只手拿着斧头回来了。妇女们没有试图满足自己的好奇心，只是惊讶，梅贝特用她们不习惯的方式和孙子吵闹，高兴地娱乐。

第二天早晨他又去了原始森林，妇女们再次听到了斧头的声音。中午时亚恩德涅走出丘姆从远处看，她看到梅贝特挽着套索，从树林里拖拽什么重的东西，她的内心充满了悲痛。

那是个短粗的木头，里面可以装死人。梅贝特从整株落叶松上砍断的就是这个，而不是木柴。他故意不让她去树林，把木头带回家后，他告诉妇女们明天应办的事。

“哈德涅的腿快些，不得不让她招呼善良的人来，请求他们把棺材抬起，”他对妻子说，“你们自己无论如何是抬不动的。”

当哈德涅从丘姆里出来的时候，梅贝特宽厚地笑着问她：“知不知道附近哪里住着善良的人？”哈德涅回答：“到处都是善良的人……”

她还什么都不清楚。

“那就快点，”梅贝特说，“最好让他们明天晚上到这儿，或者后天早上。我想，这段时间无论是阴间的鬼还是乌鸦[1]都还来不及到我这儿。”

他再次挽起套索把短粗木头拉回了哈德科安息的树林里。

亚恩德涅跟着丈夫走在后面，她哭了。和梅贝特在一起的生活教会了她接受梅贝特做的所有事，所以她接受了这最后的事实，不问这是怎么回事。

“别哭，”梅贝特说，“我不害怕。你也不能向恐惧投降，不能让痛苦摧毁你。没有什么会威胁你们，我确信这点，去吧！多准备些吃的。哈德涅带善良的人来，我们应该感谢他们来帮忙。”



1 译者注：俄罗斯人认为乌鸦十分不祥，代表着黑暗，因此乌鸦叫声之处，必会有不好的事情发生。乌鸦还常常出现在有尸体的地方，因此乌鸦还代表着死亡。

痛苦的亚恩德涅跑到丘姆里。她什么也做不了，肉从她手里滑落，她把锅弄翻了，把开水浇到炉灶里。所有一切都是哈德涅做的。

梅贝特耐心地等待着晚饭，继续和孙子玩耍，吃完饭后，他钻进兽皮睡着了。这一晚上只有爷爷和孙子睡着了。亚恩德涅一直在哽咽，哈德涅抱着孩子抽噎啜泣，哈德科死后她就和孩子睡一个被窝。

黎明前，当月亮碰到树的黑色的边缘时，梅贝特好不容易从床上起来，用新鲜的声音说：

“这是她，我的早晨。”

离开帐子后，他转过身看了看熟睡的孙子，走了出去。雪里响起“沙沙”的脚步声。亚恩德涅需要时间镇静下来。她走出丘姆跟着梅贝特的脚印跑，不时跌入齐膝深的雪中。看到梅贝特浅浅的脚印，她一点也不奇怪。

亚恩德涅赶到时丈夫已经躺进了短粗的木头，他的手顺着身体被拉直了，嘴唇上留着安详。她大声喊叫，摇晃着梅贝特的肩膀，但他没反应。紧跟着哈德涅也跑来了，她从北极狐衣领上撕下一小块盖在梅贝特的脸上。

毛没有动，梅贝特死了。

他花费在雷雨之路上、经过十一个无形的丘姆的时间，不计算在待在人间的时间里。所以妻子和哈德涅认为，在打死灰熊返回家四天后，死神赶上了梅贝特。因此，到现在人们都认为只有神才知道梅贝特在人间的生命是多少。这是个谜，但完全可以理解，不需要修改，更不需要责备。

皮带割破了哈德涅的手，在手掌里留下了疤痕。白鹿和沃伊贝利帮着哈德涅将装梅贝特的棺材拉到松树边，哈德科的灵魂在那棵松树边安息已经一年多了。

善良的人没有来。

棺材摇摇晃晃，哈德涅沉重地喘气。年老的亚恩德涅哭了，而哈德涅没流一滴眼泪。

那天早晨她想的不是痛苦。

如果氏族被男人留下，那么女人将占领这个位置。哈德涅成了梅贝特家的首领，即使后来儿子长大了，可以做得比他父亲好，她还是领袖，没把权力给别人。她有足够的力量和智慧控制一切。

没有人敢动梅贝特的家。哈德涅没找到新丈夫，因为她没去寻找。曾有人向她求婚，她用长把猪刀把他赶跑了。除了哈德科，她不想别人做她的丈夫，也不想把管理家的权力给别人。

亚恩德涅一切都听哈德涅的安排，哈德涅有时也服从她的领导。

版贸核渝字（2015）第 310 号

**图书在版编目（CIP）数据**

泰加林人的故事 /（俄罗斯）格里戈连科著；王莲涔译 . -- 重庆：西南师范大学出版社，2015.12
ISBN 978-7-5621-7749-4

Ⅰ . ①泰… Ⅱ . ①格… ②王… Ⅲ . ①长篇小说－俄罗斯－现代 Ⅳ . ① I512.45

中国版本图书馆 CIP 数据核字 (2015) 第 320587 号

本书为中国国家新闻出版广电总局和俄罗斯出版与大众传媒署批准的《中俄文学互译出版项目·俄罗斯文库》。由中国文字著作权协会和俄罗斯翻译学院负责组织实施。

МЭБЭТ
Александр Григоренко

**泰加林人的故事** TAIJIALINREN DE GUSHI

著　　者 [ 俄 ] 亚历山大·格里戈连科
译　　者 王莲涔
责任编辑 廖　伟 李晓瑞
装帧设计 熊艳红 李建卫

排　　版 重庆大雅数码印刷有限公司
出版发行 西南师范大学出版社
地址 重庆市北碚区天生路 2 号
邮政编码 400715
网址 http://www.xscbs.com
经　　销 全国新华书店
印　　刷 重庆共创印务有限公司
开　　本 787mm × 1092mm 1/32
印　　张 5.75
字　　数 106 千字
版　　次 2016 年 5 月第 1 版
印　　次 2016 年 5 月第 1 次印刷
书　　号 ISBN 978-7-5621-7749-4
定　　价 23.50 元

如有印装质量问题，请联系本出版社市场营销部调换：02368868624